Loki – Das ist Loki, der Austauschschüler aus Norwegen. Er hat manchmal dieses gruselige Grinsen drauf, das einem einen Schauer über den Rücken jagt. Und er ist der Erste, der hinter mein **haariges Geheimnis** kommt. Irgendwie hat er etwas Zauberhaftes an sich – aber nicht auf die gute Art. Ich denke, wir werden beste Freunde!

Lucy K. Walker & Timo Grubing

PLÖTZLICH GÖTTLICH!

Weitere Titel der Autorin:

Die Schule der kleinen Götter

Die Tintenjäger – Löse das Rätsel der magischen Bibliothek

Lucy K. Walker & Timo Grubing

PLÖTZLICH GÖTTLICH!

BAUM HAUS

Für all meine Freundinnen,
weil ihr mein Leben bunter macht.

Noch mehr tolle Bücher, viele Videos und Ideen zum Basteln, Rätseln, Backen, Zeichnen und Spielen gibt's hier: baumhausbande.com

NACHHALTIG PRODUZIERT

Die Bastei Lübbe AG verfolgt eine nachhaltige Buchproduktion. Wir verwenden Papiere aus nachhaltiger Forstwirtschaft und verzichten darauf, Bücher einzeln in Folie zu verpacken. Wir stellen unsere Bücher in Deutschland und Europa (EU) her und arbeiten mit den Druckereien kontinuierlich an einer positiven Ökobilanz.

FSC www.fsc.org MIX Papier | Fördert gute Waldnutzung FSC® C011124

Originalausgabe

Lektorat: Jennifer Buchholz
Umschlaggestaltung: Kristin Pang, München,
unter Verwendung einer Illustration von Timo Grubing
Satz: Helmut Schaffer, Hofheim a. Ts.
Gesetzt aus der Barlow
Druck: Mohn Media Mohndruck GmbH, Gütersloh

Printed in Germany

ISBN 978-3-8339-0954-2

5 4 3 2 1

Inhalt

Wie alles begann 7

Kapitel 1 – Neue Schule, neues Glück 10

Kapitel 2 – Das schlägt ein wie ein Blitz! 20

Kapitel 3 – Eine haarige Angelegenheit................. 29

Kapitel 4 – Erste Lektion: Wie wird man ein Gott? 42

Kapitel 5 – Der neue König der Schule 59

Kapitel 6 – Einsame Entscheidungen.................... 70

Kapitel 7 – Schluss mit lustig 84

Kapitel 8 – Freunde?.. 91

Kapitel 9 – Die große Show! 100

Kapitel 10 – Alles wie immer?.............................. 114

WIE ALLES BEGANN

Das ist also die Geschichte, wie ich von einem Blitz getroffen und plötzlich zu THOR DEM GOTT DES DONNERS wurde … Jaja, schon klar, dass das komisch und unglaublich klingt. Aber hör mir erst mal zu!

Cool, du bist ja immer noch da! Also schön, damit du wirklich alles genau verstehst, müssen wir ganz am Anfang starten. Als ich noch gar nicht wusste, dass mich ein BLITZ treffen würde. Alles begann mit zwei nervigen göttlichen Brüdern, die sich mal wieder wegen irgendwas gestritten haben. Das ergibt jetzt vielleicht noch nicht so viel Sinn – und ich hab es auch erst später rausgefunden –, aber so muss sich das Gespräch zwischen Thor und seinem Bruder, dem Gott der Täuschung, ungefähr abgespielt haben:

„Hast du noch alle Zöpfe im Bart?! Wie kannst du es wagen, dich über mich, den großen Donnergott Thor, lustig zu machen?"

„Bleib locker, Bruderherz. Ich hab lediglich gesagt, dass jedes Menschenbaby diesen Hammer schwingen und ein paar Blitze verschießen kann. Spiel dich nicht immer so auf."

„Das ist die größte Beleidigung, die ich mir jemals von dir anhören musste! Ohne mich hätte **HEL, DIE GÖTTIN DER UNTERWELT**, schon längst ihre Kreaturen auf uns gehetzt und unser Reich an sich gerissen! Wenn du so weitermachst, wirst du meinen Hammer Mjölnir zu spüren bekommen!"

„Ich bitte dich, hör dir doch mal selbst zu. Allein schon, dass du diesem Ding einen Namen gegeben hast! Wirklich jeder noch so **UNFÄHIGE, TOLLPATSCHIGE, NERVIGE UND HALBSTARKE TROTTEL** könnte deinen Job machen und diesen Wesen den Hintern versohlen. Darauf verwette ich meinen eigenen Po."

„Du willst also wetten?! Na schön! Zeig mir deinen schwächlichen Jungen, und du wirst schon sehen, was passiert, wenn er meine Macht hat und sich Hels Monstern stellen muss! Wenn dieser Mensch scheitert, musst du mir auf immer und ewig gehorchen! Und wenn nicht, lasse ich mir ‚Trottel' auf meinen Schild gravieren."

Ein Lächeln schlich sich auf das Gesicht des Gottes der Täuschung. „Abgemacht!"

Tja, und dieser „unfähige, tollpatschige, nervige und halbstarke Trottel" bin dann wohl ICH. Und damit hüpfen wir zu der Stelle, als ich noch keine Ahnung hatte, was alles Verrücktes auf mich zukommen würde …

Kapitel 1
Neue Schule, neues Glück

Heute ist mein großer Tag. An der neuen Schule werde ich meinen Durchbruch haben! Ich spüre es genau!“, sage ich zu meiner Mum, als sie mich in ihrem quietschroten kleinen Auto zur Schule fährt. Sie nennt es liebevoll „Knutschkugel“, was ein wirklich furchtbarer Name für ein Auto ist.

„Natürlich wirst du das, TOMMILEIN!“, stimmt sie mir zu und versucht dabei, mir durch die Haare zu wuscheln. Aber ich bin zu schnell und ducke mich geschickt weg. Tommilein? Durch die Haare wuscheln? Hallo?! Mein

Name ist Tom, ich bin zehn Jahre alt und sicherlich kein Baby mehr, dem man den Kopf tätschelt. Wann versteht meine Mutter das endlich?

„Die Kinder auf der alten Schule haben einfach nicht verstanden, wie besonders du bist!"

Ich denke, sie will mich aufheitern. Aber wir wissen alle, was sie mit „besonders" meint. Es ist auf jeden Fall kein Kompliment. Es heißt eher so etwas wie „SELTSAM". So hat mich zumindest Herr Vogel genannt, nachdem ich im Kunstunterricht einen Eiffelturm aus benutzten Zahnbürsten präsentiert habe.

Wie auch immer. Jetzt ist auf jeden Fall meine Zeit gekommen, um zu glänzen, ich kann es spüren!

Als meine Mutter endlich vor dem Schulgebäude hält, reiße ich mit Schwung die Autotür auf und schlage sie gleich wieder hinter mir zu. Das Gebäude sieht genauso alt und wenig einladend aus wie meine letzte Schule. Könnte mal einen neuen Anstrich vertragen. Draußen drücken sich noch ein paar Jungs und Mädchen herum, die scheinbar wenig Lust auf Unterricht haben. Ich nehme einen tiefen Atemzug SCHULHOFMIEF und mache mich dann auf den Weg zum Eingang.

„Bis später, Mum!", rufe ich noch über die Schulter.

Leider habe ich die Rechnung ohne meine Mutter gemacht. Die ruft mir durch das heruntergekurbelte Fenster hinterher: „Willst du deiner Mutter nicht noch einen Abschiedskuss geben, Mausepups?"

Sie hätte mir auch gleich einen Zettel auf den Rücken kleben können, auf dem „TRITT MICH!" steht. Sofort brechen alle anderen Kinder um mich herum in Gelächter aus. Ein Junge mit nach hinten gegelten Haaren lacht besonders fies.

„Willst du von mir auch 'nen Kuss, Mausepups?" Daraufhin klatscht er sich mit seinen Kumpeln ab.

OH NEIN, OH NEIN, OH NEIN. So war das nicht geplant! Das hier sollte ein Neuanfang werden! Ich ziehe den Kopf ein und laufe ins Schulgebäude, ohne mich noch einmal

JUHU!!
WOW!
WUHUUU!
JA!!
ICH WILL DEIN BFF SEIN!!!
TOM IST COOL!
YEAH!
TOM
Willst du mir noch einen Abschiedskuss geben, Mausepups??
HIHI
HA HA
HAHA
HA HA
HAHA HA
HA HA
KÜSSCHEN, MAUSEPUPS!!
HAHA
HA
HA
HA HA
HE HE
Hi Hi
Hi Hi
TRITT MICH!
HA HA HA HA
Hi Hi

umzublicken. Aber auch hier hört man noch das Lachen der Jungs.

Schön ruhig bleiben, Tom. Alles halb so wild!, rede ich mir Mut zu. Bevor es zur morgendlichen Schulversammlung in die Aula geht, mache ich also noch schnell einen Abstecher zum Jungsklo und spritze mir etwas Wasser ins Gesicht.

„Das hier ist dein Tag! Du bist cool, du kennst die besten Sprüche, Du bist ein Gewinner! Diese Schule hat nur auf dich gewartet. Und du wirst allen zeigen, was in dir steckt!", sage ich zu meinem Spiegelbild und fühle mich gleich etwas besser.

Kurz darauf höre ich eine Toilettenspülung. Mein Gesicht wird feuerrot und heiß, als eine Kabinentür aufgeht und ein Mädchen herauskommt. Sie ist bestimmt einen Kopf kleiner als ich und hat blau gefärbte Haare.

„Ähm, also du bist bestimmt ein Gewinner und alles, aber gerade bist du vor allem auf der falschen Toilette. Das hier ist das Mädchenklo."

Könnte man einfach so vor Scham im Erdboden versinken, ich würde es jetzt tun und mich wie eine Rakete in den Boden schrauben. Tja, weil das leider nicht möglich ist, bringe ich nur quietschend ein „UPS, ’TSCHULDIGE!“ hervor und renne aus dem Klo. Na klasse. Das wird ja immer besser.

Das Glück ist auch weiterhin nicht mit mir, als ich mich in der Schule verlaufe und als Allerletzter zur Versammlung erscheine. Die Tür schwingt knarzend auf, und alle Blicke richten sich auf mich.

„Ist das nicht Mausepups?“, höre ich jemanden fragen.

Die Direktorin Frau Bottom steht vorne auf der Bühne und unterbricht ihre Ansprache, sobald sie mich entdeckt.

„Ach, unser neuer Schüler, TODD HUDSON! Todd, sei doch so gut und komm zu mir auf die Bühne! Einen großen Applaus für Todd.“

Der Applaus ist ganz schön lahm, irgendwer hustet. Ich ergebe mich meinem Schicksal und schlurfe nach vorne. Sofort hält mir Frau Bottom das Mikro unter die Nase, das einen schrillen Ton von sich gibt.

„Ähm ja, also mein Name ist **Tom Hudson**, nicht Todd. Ich bin zehn Jahre alt und mit meiner Mum und meiner Schwester vor Kurzem hierhergezogen. Wir hatten mal einen Hund namens Pomeroy. Obwohl wir ihn auch gerne nur Roy genannt haben, wie Siegfried und Roy. Wissen Sie, die beiden Tigertrainer ...“

Frau Bottom nimmt mir das Mikro wieder aus der Hand. „Danke, Todd, das klingt ja alles wahnsinnig spannend. Du scheinst wirklich **BESONDERS** zu sein. Setz dich doch bitte, dann machen wir weiter mit den Themen für diese Woche!“

Urgs, schon wieder dieses Wort „besonders“.

„Danke, Mama!“ Leider sage ich das nicht leise in Gedanken, sondern laut. Und damit fängt wirklich die gesamte Schule an zu lachen. Ein paar Mädchen zeigen auf mich und tuscheln, aber die meisten können sich kaum auf ihren Stühlen halten.

Wieder wird mein Kopf feuerrot und heiß.

Schnell suche ich mir einen freien Platz und setze mich mit hochrotem Kopf hin, während Frau Bottom versucht, für Ruhe zu sorgen. Dann berichtet sie davon, dass die Toilettenschilder endlich erneuert werden, damit sie wieder lesbar sind, und wegen NAGERBEFALL die Spielgeräte auf dem Schulhof gesperrt wurden.

„He, Tom", raunt mir plötzlich meine Sitznachbarin zu. Als ich hochschaue, blicke ich in das Gesicht des Mädchens vom Klo. Sie lächelt mich freundlich an und zeigt mir damit ihre Zahnspange. „Ich bin ZAHNSPANGEN-AMY", flüstert sie und reicht mir die Hand.

Ich schüttele sie und bin froh, endlich ein freundliches Gesicht zu sehen. „Wieso nennst du dich Zahnspangen-Amy?", frage ich leise zurück. Den Namen finde ich ganz schön fies.

„Na ja, wenn ich es tue, kann mir niemand sonst den Namen verpassen. Dann ist es meine Entscheidung."

Komische Logik, aber irgendwie leuchtet sie mir ein.

„... und damit kommen wir zum letzten Punkt", verkündet Frau Bottom. „Der alljährliche **TALENTWETTBEWERB** findet morgen Abend statt. Und wie ihr wisst, hat sich Gwen den Fuß gebrochen und kann leider keinen Stepptanz aufführen. Äußerst bedauerlich! Es ist also noch ein Platz frei – falls sich jemand berufen fühlt, sein Talent zum Besten zu geben, dann möge die Person sich bei mir melden."

Ein Talentwettbewerb? Das klingt ja **GROSSARTIG**! Ich hab viele Talente! Ich kann eine Kaugummiblase in meinem Mund platzen lassen. Ich hab schon mal das ABC gerülpst und bin bis „F" gekommen, bevor ich mich übergeben musste. Ich kann drei Hot Dogs auf einmal in meinen Mund stecken. Hmmm, alles heiße Kandidaten.

Aber vielleicht könnte etwas Unterstützung nicht schaden. Also stoße ich Amy mit dem Ellenbogen an.

„Hast du irgendein Hobby?"

Amy wird ein bisschen rot. „Ich spiele Schlagzeug."

PERFEKT!

„Das ist ja großartig! Dann gründen wir eine Band und treten morgen auf!"

„Ehrlich? Cool! Welches Instrument spielst du denn?" Amy wird ganz hibbelig auf ihrem Stuhl.

„Na, gar keins! Aber ich habe noch bis morgen Abend Zeit, um eines zu lernen. Das wird super! Und dann werden die anderen erkennen, dass ich kein komischer Mausepups bin, sondern ein cooler Typ, ist doch klar!"

Amys Begeisterung ist nicht mehr ganz so groß. „Aber sollte es dir nicht egal sein, was andere von dir denken? Sei doch einfach du selbst!"

Ich verziehe das Gesicht. „Ist das der Liedtext von irgendeiner Schnulze, oder hast du den Spruch von der Rückseite einer Cornflakes-Packung?"

Ich selbst sein ... PFFF, ICH WERDE EIN ROCKSTAR!

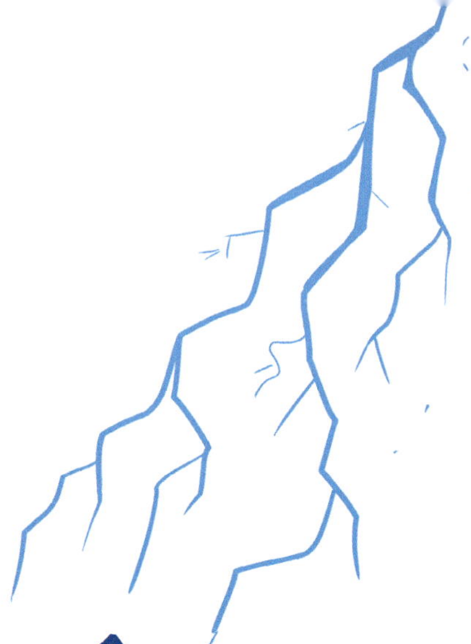

Kapitel 2
Das schlägt ein wie ein Blitz!

Sagen wir mal so, der Rest des Tages lief nicht ganz so rund, wie ich mir das vorgestellt hatte. In Englisch wurde ich nach vorne an die Tafel gerufen und wusste plötzlich nicht mehr, wie man auch nur einen geraden Satz herausbekommt. Dann gab es noch einen **Zwischenfall** im Sportunterricht, als mich ein paar Jungs aus Versehen im Geräteraum eingesperrt haben. Und zur Krönung hatte ich zum Mittagessen nur eine im Rucksack **zermatschte Banane**. Ich bin ganz schön k. o., als es endlich nach der letzten Stunde klingelt. Regen prasselt gegen die Fenster des Schulflures – das Wetter passt zu meiner Stimmung. Ich mache mich auf den Weg zum Musikraum, wo Amy und ich verabredet sind.

Schon von draußen höre ich, wie sie das Schlagzeug mit den Sticks bearbeitet. Und als ich die Tür öffne, fegen mich die Lautstärke und der komplizierte Rhythmus fast weg. Amys Hände bewegen sich so schnell, wie ein Wirbel aus Händen und Holzstöcken, dass ich sie kaum sehe.

Begeistert lasse ich meine Tasche fallen und klatsche, woraufhin sie überrascht aufhört zu spielen. Ist sie etwa schüchtern? „DAS KLINGT TOTAL STARK! Du spielst wie ein achtarmiger Krake." Da Amy mich fragend ansieht, ergänze ich: „Na, weil du so schnell bist, als hättest du selbst acht Arme."

„Ach so." Dann rutscht sie von ihrem Hocker, läuft zu einem alten Schrank und kramt darin herum. „Ich hab darüber nachgedacht, welches Instrument du spielen könntest. Was hältst du hiervon?"

„Ist das gerade wirklich eine TRIANGEL in deiner Hand?" Sie unterschätzt mein Talent völlig.

Amy zuckt mit den Schultern. „Ich dachte, wir fangen mit etwas Leichtem an."

„Mit dieser Einstellung können wir direkt einpacken." Ich schiebe sie zur Seite und werfe selbst einen Blick in den Schrank. „Wir müssen nach den Sternen greifen, um zu gewinnen! BINGO!" Da hängt eine affenstarke E-Gitarre mit einem coolen schwarz-roten Lack. Sofort greife ich danach, hänge sie mir um und spiele ein krasses E-Gitarren-Solo, das die Wände wackeln lässt.

Zumindest in meiner Vorstellung.

„Du weißt schon, dass das ‚E' in E-Gitarre für ELEKTRISCH steht? Also für Strom. Du musst sie an einen Verstärker stöpseln."

Lässig zeige ich ihr einen Daumen nach oben. „Klar, weiß ich doch. LOGO!"

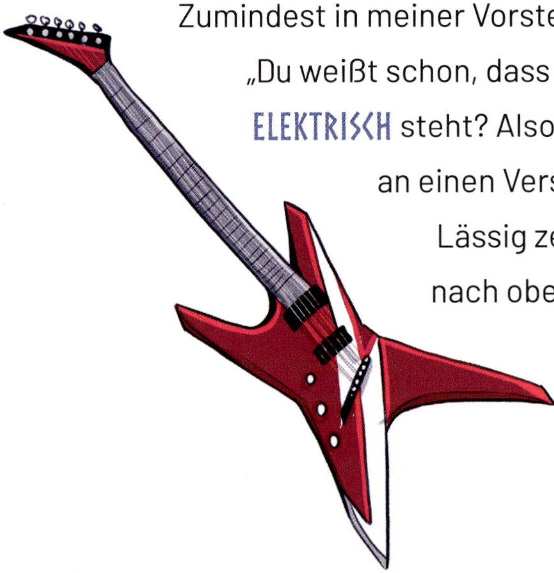

Okay, okay, ich dachte, sie läuft mit Batterien, mein Fehler.

Da entdecke ich das Kabel, das an der Gitarre baumelt, und laufe damit zu der Box, die neben Amys Schlagzeug steht. Ich stecke es ein, und als ich in die Saiten haue, passiert ... immer noch nichts.

„Na ja, du müsstest die Box auch an den Strom anschließen." Amy nimmt wieder auf ihrem Hocker hinter dem Schlagzeug Platz und beobachtet mich misstrauisch. Ich hoffe, sie zweifelt nicht daran, dass wir das morgen rocken werden!

„Selbstredend!" Ich schnappe mir das Stromkabel des Verstärkers und laufe damit zur nächsten Steckdose.

Und dann passiert es.

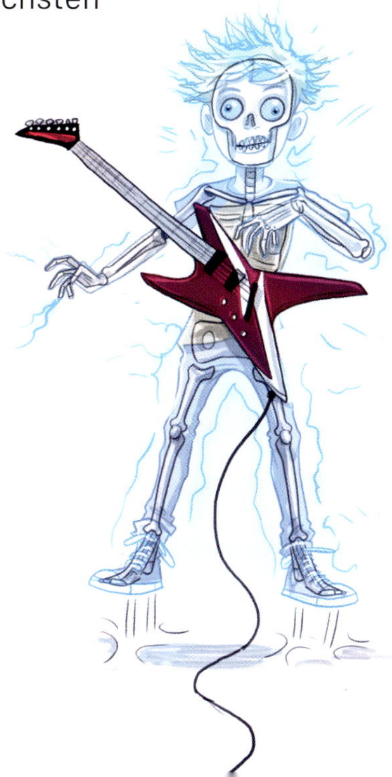

Genau in dem Moment, als ich den Stecker in die Steckdose drücke, schlägt ein **BLITZ** ins Gebäude ein.

Zumindest denke ich, dass das passiert. Denn im Grunde spüre ich nur einen krassen Schlag, und dann wird alles um mich herum schneeweiß.

Als sich der weiße Nebel wieder legt, stehe ich auf einem Balkon und mir gegenüber ein Typ wie aus einem Videospiel. Er hat lange blonde Haare und einen langen Bart mit geflochtenen Zöpfen darin. Außerdem trägt er eine Art Rüstung, und an seinem Gürtel baumelt ein riesiger Hammer. Der Kerl sieht ziemlich stark aus, und mit dem Hammer möchte man lieber nicht Bekanntschaft machen. Was ist das hier?

„Träume ich, oder bin ich tot?", frage ich zur Sicherheit.

„Nein, du träumst nicht, und du lebst! Dir wird eine große Ehre zuteil: Mit diesem Blitz habe ich meine **KRÄFTE** auf dich übertragen! Von nun an bist du Thor der Donnergott."

Wow, der Stromschlag muss wirklich heftig gewesen sein, wenn ich mir jetzt so etwas ausdenke. Hab ich zu viel auf YouTube rumgehangen? Ich blicke von dem Balkon hinunter auf eine golden glitzernde Stadt.

„Ah ja, COOL, COOL, COOL. Thor wollte ich schon immer mal sein. Kann ich jetzt wieder aufwachen?"

„Du wirst gleich wieder zurück in deine Welt entlassen. Aber sei gewarnt – mit großer Macht kommt große Verantwortung. Und es werden sich Kreaturen

zu dir auf den Weg machen, die dir diese Kräfte stehlen wollen. Also sei wachsam, und pass auf dich auf."

„NA LOGO." Ich zeige ihm einen Daumen nach oben und hoffe, dass er mich jetzt in Ruhe lässt.

Doch der Typ zieht seinen Hammer, der plötzlich wie elektrisiert scheint. Kleine Blitze zucken um ihn herum, und die Luft ist von einem Britzeln erfüllt.

„So sei es!" Und damit drückt er mir den Hammer auf die Brust.

ZACK – wieder alles weiß, und dann höre ich endlich eine mir bekannte Stimme. „He, Tom, geht es dir gut? Wie viele Finger zeige ich?"

Langsam klärt sich meine Sicht, und ich erkenne Amy, die über mir hockt. Scheinbar liege ich auf dem Rücken. „Sechs?"

Sie schaut auf ihre Hand. „Fast, das lasse ich durchgehen. Oh Mann, dich hat ja ein ganz schöner Schlag erwischt. Du warst bestimmt ein paar Sekunden weg."

Wie, nur ein paar Sekunden? Das hat sich viel länger angefühlt. Ich rappele mich auf und merke, dass sich alles in meinem Kopf dreht. „Puh, ich glaube, das mit der Probe wird heute Abend nichts."

Amy wirkt ein bisschen enttäuscht, aber nickt sofort. „Na klar, ruh dich lieber mal aus. Wir müssen dann nur morgen vor der Schule, in der Pause und vor dem Auftritt üben."

„Ja klar, das machen wir. Aber wir sind **NATURTALENTE**. Wir schaffen das locker mit links!", behaupte ich, obwohl ich mir da gerade auch nicht so sicher bin. Aber mein Schädel tut ein bisschen weh, und nach dem miesen ersten Schultag will ich einfach nur nach Hause und ins Bett.

Also packe ich meine Sachen zusammen und will mich auf den Weg machen. Zum Abschied schlage ich mit Amy ein, wobei ihre Hand fast wegfliegt.

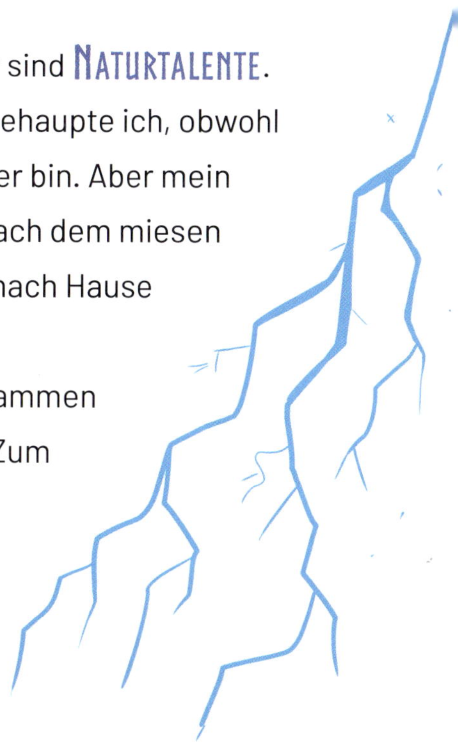

„AHHHHHHHHHH, wow, das hat gezwiebelt!", ruft sie. „Du hast mir voll den Stromschlag verpasst!"

„Ups, vielleicht bin ich noch aufgeladen." Ich vergrabe die Hände in den Hosentaschen. „Wir sehen uns dann morgen." Und damit schlurfe ich aus dem Musikraum über den Flur und warte draußen im strömenden Regen darauf, dass meine Mum mich abholt.

Zu Hause werde ich mich sofort aufs Ohr hauen. Der Tag war echt FÜR DIE TONNE …

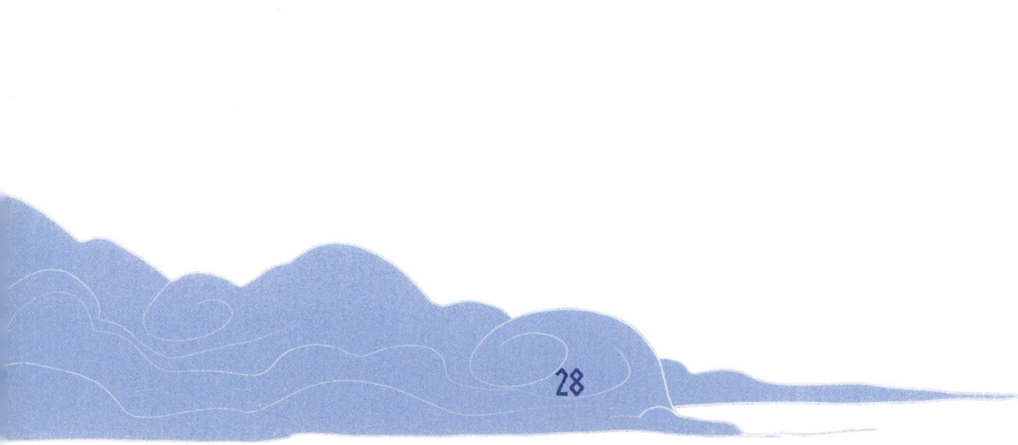

Kapitel 3
Eine haarige Angelegenheit

Heute wird alles besser! Anders kann es gar nicht sein! Ich bin ausgeschlafen, ich bin fit – die Welt liegt mir zu Füßen!

Ich stöhne auf, als ich gegen irgendetwas Hartes trete. Ich schlage die Augen auf. In meinem Bett und zu meinen Füßen liegt leider nicht die Welt – sondern fünf Hämmer. Ja, richtig gelesen: Hämmer, die Dinger aus Metall, mit denen man Nägel in Wände kloppt. Die müssen aus dem Werkzeugkasten in der Garage sein, aber wie kommen sie ausgerechnet in mein Bett? Das muss doch ein **WITZ** sein!

Ich reibe mir die Augen. Vielleicht träume ich ja noch? Aber nein, da liegen eindeutig Hämmer in meinem Bett. Und nicht nur an meinem Fußende, sondern auch auf meinem Kissen und auf der Decke.

„Tommilein, bist du wach?“, ruft meine Mutter durch die Zimmertür.

Schnell schlage ich die Decke über die Werkzeuge und lasse ein paar unter meinem Kissen verschwinden. „Ja klar, bin wach! Ich komme gleich!“

„Geh schon mal ins Bad Zähne putzen, wir sind spät dran!“

OH MIST, der Wecker hat nicht geklingelt und zeigt 7:30 Uhr. **ICH HAB TOTAL VERSCHLAFEN!** Um das Chaos in meinem Bett muss ich mich nach der Schule kümmern.

Ich schlüpfe also in mein Lieblings-T-Shirt und hüpfe auf einem Bein ins Bad, während ich versuche, in das rechte Hosenbein zu gelangen. Zahnbürste in den Mund, noch schnell einen Blick in den Spiegel werfen ...

„AAAAAAAAAAAAAAHH!!!!“

Das bin doch nicht ich! Der Typ im Spiegel hat einen

langen blonden **BART!** Als ich das letzte Mal in einen Spiegel geguckt habe, war der definitiv noch nicht da! Hat meine kleine Schwester Lou mir den etwa angeklebt? Na ja, sie ist drei. Das würde ihre Fähigkeiten wohl eher übersteigen, denn dieses Ding sieht ganz schön echt aus. Ich greife mit einer Hand in den Bart und ziehe mit einem kräftigen Ruck daran.

Okay, das tat weh, der Bart scheint echt zu sein.

„Alles okay bei dir dadrin?“ Meine Mutter klopft an die Tür.

„Jaja, **ALLES BESTENS**, ich ... hab mir nur den Zeh gestoßen“, lasse ich mir schnell einfallen.

Meine Mutter scheint die Ausrede zu schlucken.

Ich schaue wieder in den Spiegel. Wo kommt dieser Bart her? Ist das etwa diese Pubertät, von der Mum immer wieder redet? PUH, KEINE AHNUNG ... Aber mir bleibt leider auch gar keine Zeit, um es herauszufinden. Ich durchwühle den Badezimmerschrank und finde schließlich eine Schere. Mit der hat mir meine Mutter vor ein paar Jahren noch die Haare geschnitten, bis ich darauf bestanden habe, dass ich auch das Recht auf einen schönen Haarschnitt habe.

Ohne lange zu fackeln, schneide ich den Bart ab. Das ist leider nicht so einfach wie gedacht, und als meine Mutter von unten weiter Stress macht, entscheide ich mich dazu, die Überreste unter einem Schal zu verstecken.

„Aber Schatz, draußen sind es ÜBER 15 GRAD", versucht Mum, mich davon abzuhalten, als ich schließlich die Treppe nach unten renne.

„Das trägt man jetzt so", behaupte ich, woraufhin sie etwas verwundert die Augenbrauen hochzieht.

Das Ding kratzt, es ist zu warm, und ich schwitze jetzt schon bei dem Gedanken, so vor meine neuen Mitschülerinnen und Klassenkameraden zu treten. Keine Ahnung, wie ich den Tag überstehen soll.

„Wo warst du? Wir wollten doch proben! Übrigens cooler Schal!", flüstert mir Amy im Unterricht zu, als ich mich endlich neben ihr auf meinen Platz fallen lasse.

UPS, die Probe habe ich komplett verschlafen. Ich bin natürlich zu spät gekommen und werde das Gefühl nicht los, dass mich die anderen Kinder mit meinem Schal noch seltsamer finden. Aber vielleicht sehe ich ja auch geheimnisvoll aus?

„Hat dir den deine OMA gestrickt, oder woher hast du das Teil?", raunt mir Henry zu, der Typ mit den gegelten Haaren von gestern.

„Danke für das Kompliment! Nein, den hab ich selbst gemacht, in der Häkel-AG", erzähle ich stolz, was ihn aus irgendeinem Grund zum Lachen bringt. MIST, der Schal ist keine gute Tarnung, und ich schwitze wie verrückt. Nicht nur, weil es unter dem Ding brütend warm ist.

Sondern auch, weil der Tag leider genauso weitergeht, wie er gestern aufgehört hat. Mein Bart und ich dürfen nicht auffallen!

„So, Kinder, gequatscht und geflirtet wird in der Pause. Augen nach vorne, wenn ich bitten darf." In der ersten Stunde haben wir Englisch bei Direktorin Bottom. Auch wenn es erst mein zweiter Tag an der Schule ist, habe ich das Gefühl, dass sie kein Fan von mir ist. Zumindest wirft sie mir einen genervten Blick zu.

„Nachdem wir schon Tim als neuen Schüler begrüßen durften ..."

„ICH HEISSE TOM!", rufe ich dazwischen.

„Wie auch immer ... Also, nachdem wir ihn begrüßen durften, kommt heute tatsächlich noch ein Nachzügler in eure Klasse. Ein Austauschschüler aus Norwegen. Sein Name lautet ..." Frau Bottom kneift die Augen zusammen, als müsse sie sich sehr anstrengen, um die Buchstaben auf ihrem Zettel zu entziffern. „LOKI!"

Als wäre das sein Zeichen gewesen, fliegt in diesem Moment die Tür des Klassenzimmers krachend auf. Ein Junge in coolen schwarzen Klamotten springt herein.

Die eine Seite von seinem Kopf ist rasiert, darüber liegen ebenfalls schwarze Haare. Er legt ein ziemlich stabiles LUFTGITARREN-SOLO hin und endet mit einem Peace-Zeichen.

„Ähm, herzlich willkommen, Loki. Setz dich doch zu Tim, ihr scheint mir gut zusammenzupassen."

Keine Ahnung, was das bedeuten soll. Und wann checkt sie endlich, dass ich Tom heiße – oder macht sie das mit Absicht? Auf dem Gesicht des Jungen macht sich auf jeden Fall ein dickes Grinsen breit, dann schlendert er zu meinem und Amys Tisch herüber.

Er lässt sich neben mir auf den noch freien Platz fallen. Dann streckt er mir eine Hand hin, und nickt mir auffordernd zu.

„Loki", stellt er sich vor.

„Ich bin Tom." Obwohl ich Angst habe, dass ich ihm ebenfalls einen Stromschlag verpasse, schüttele ich vorsichtig seine Hand. Ein kleiner Blitz springt von meiner Hand auf seine über, aber er zuckt nicht mal. Nur sein Grinsen scheint etwas breiter zu werden.

„ICH WEISS!“

Während Frau Bottom vorne wieder irgendwas von einem Buch erzählt, das scheinbar niemand aus der Klasse über die Ferien gelesen hat, beugt sich Loki zu mir rüber. „Und ich weiß auch von deinem GEHEIMNIS …“

Ein riesiger Kloß bildet sich in meinem Hals, den ich nur mit Mühe runterschlucken kann. Ich versuche, mir eine Ausrede einfallen zu lassen, irgendwas! Aber mir fällt nichts ein. Also hebe ich die Hand.

„Was gibt es, Torben?“, fragt Frau Bottom und rollt mit den Augen.

„ICH MUSS MAL AUF TOILETTE.“ Und ohne auf ihre Antwort zu warten, springe ich auf und renne aus dem Klassenzimmer.

Dieses Mal laufe ich auf das richtige Klo. Nachdem ich mich vergewissert habe, dass die Kabinen leer sind, ziehe ich den Schal ab. Der Vollbart ist zurück! Obwohl

AAAAAAAHHHH ich ihn doch gestutzt habe! Hier kann irgendwas nicht mit rechten Dingen zugehen. Erst die elektrischen Handschläge, dann die Hämmer in meinem Bett, der Bart, und jetzt der neue Schüler, der weiß, dass etwas mit mir nicht stimmt … Aber Moment, das hat alles angefangen mit dem …

„Blitzschlag, ZACK, und schon bist du Thor! Wie läuft es bis jetzt?“, fragt mich plötzlich eine Stimme hinter mir.

Ich schreie auf, als ich im Spiegel Loki entdecke, der wie aus dem Nichts im Jungsklo aufgetaucht ist.

„Immer mit der Ruhe, Tom, ich will dir nichts Böses. SCHICKER BART ÜBRIGENS, du siehst sogar schon aus wie er! Obwohl er ein paar mehr Muckis hat. Daran müssen wir noch arbeiten.“ Wieder schleicht sich dieses Grinsen auf sein Gesicht, das mir ein bisschen gruselig vorkommt.

„Was? Woher weißt du von dem Blitz? Und wer ist *er?*“, sprudelt es aus mir heraus.

„Immer langsam mit den jungen Ziegen. Erst mal musst du den Bart loswerden. Ich kenne keinen Zehnjährigen, der so rumläuft." Loki schnippt mit seinem Daumen und Mittelfinger. Mit einem Puff löst sich mein Bart auf, und ich sehe aus wie immer.

Was passiert hier? Bevor ich wieder schreien kann, hält Loki mir den Mund zu.

„Ganz ruhig, Tom. Ich weiß, das ist alles sehr verwirrend. Aber du musst wissen, dass du wirklich auserwählt wurdest. Von Thor dem Donnergott. Er hat seine Kräfte auf dich übertragen. Das, was du gerade gesehen hast, war **Magie**."

Ich schiebe seinen Arm weg. „Ja klar! Das ist nicht verwirrend, das ist **total beknackt!** Willst du mir jetzt noch erzählen, dass du ein Zauberer bist und wir uns gemeinsam auf ein großes Abenteuer begeben werden?" Meine Stimme wird immer schriller.

Loki faltet die Hände zusammen und spricht extra langsam, als wäre ich schwer von Begriff. „Ich würde nicht Zauberer sagen, eher … na ja … Ich bin nun mal Loki, der tollste Gott von allen nordischen Göttern – noch nie gehört?" Er schnippt wieder, und mit einem Puff und ziemlich viel Nebel verwandelt er sich für einen Herzschlag in einen großen schlanken ERWACHSENEN Mann.

Er trägt eine Lederrüstung mit goldenem Brustpanzer, darüber einen schwarzen wehenden Umhang und auf dem Kopf einen gehörnten Helm. Im nächsten Moment ist er wieder der Junge mit der coolen Frisur.

Mir klappt buchstäblich die Kinnlade runter.

Loki schiebt sie mit einem Finger wieder hoch. „So, ich denke, du begreifst es nun! Kommen wir also zur Sache. Es gibt eine URALTE PROPHEZEIUNG, die bei uns in Asgard jeder Gott kennt. Sie besagt, dass sich ein Menschenjunge mit den Kräften des Donnergotts den Kreaturen von Hel entgegenstellen wird. Hel ist die

FINSTERE HERRSCHERIN VON HELHEIM, der Unterwelt. Und nur so kann ewiger Frieden hergestellt und Hel besiegt werden. Was sagst du? Bist du dabei?"

Ehrlich gesagt verstehe ich so gut wie gar nichts. Aber irgendwas muss an dieser Geschichte dran sein. Denn wenn man überlegt, was mir seit gestern alles passiert ist ... Ich bin von einem Chaos in das nächste geraten. Das kann alles kein Zufall sein. Loki muss die Wahrheit sprechen. **ICH, TOM HUDSON, BIN THOR DER DONNERGOTT!**

Loki zuckt mit den Schultern. „Na ja, wenn du nicht lernst, deine Kräfte zu kontrollieren, wird der Bart dein kleinstes Problem sein. Würde mich nicht wundern, wenn du aus Versehen die ganze Schule in Schutt und Asche legst. Und wenn du es nicht tust, werden das Hels Monster erledigen. Also, bist du dabei?" Er hält mir wieder die Hand hin.

„Was springt für dich dabei raus?“, will ich wissen. So ganz vertraue ich ihm nicht.

„Ach, ich habe natürlich nur DAS BESTE FÜR ASGARD im Sinn! Du besiegst jedes Ungeheuer, das sich dir in den Weg stellt, und ich sorge dafür, dass du deine Kräfte im Griff hast, die Schule nicht zerstörst und von den Monstern nicht in kleine Stücke gerissen wirst. Haben wir eine Abmachung?“

Lokis Hand ist immer noch ausgestreckt.

Ich schaue darauf und denke nach. Wenn er mir nicht hilft, werde ich bald nicht nur der seltsamste Junge der Schule sein, sondern auch der ganzen Stadt. Keine Ahnung, was dann alles schiefgehen wird. Und was mache ich, wenn wirklich plötzlich eins dieser Wesen vor der Tür steht? Ich muss diesen Fluch wieder loswerden, bevor mein Ruf noch schlechter wird, als er eh schon ist.

„NA SCHÖN!“ Und damit schlage ich ein.

Vielleicht bilde ich mir das nur ein, aber war das da draußen gerade Donner?

KRAWUMM!

Kapitel 4
Erste Lektion: Wie wird man ein Gott?

Das „Training“, wie Loki es nennt, beginnt direkt in der ersten Pause. Wir treffen uns natürlich nicht auf dem Schulhof, wo uns jeder sehen kann, sondern hinter der Sporthalle. Dort erstreckt sich ein kleines Wäldchen, das wir Schülerinnen und Schüler eigentlich nicht betreten sollen. Aber weil wirklich niemand wissen darf, was mit mir nicht stimmt, sind wir dort vor neugierigen Blicken geschützt.

„Herzlich willkommen zu der ersten Lektion: ‚WIE WERDE ICH EIN GOTT?‘ Bevor es losgeht, sollten wir noch für entsprechende Kleidung sorgen.“ Loki schnippt, und schon sieht er wie ein Fußballtrainer aus – mit Jogginganzug und einer Trillerpfeife, die an einer Kordel um seinen Hals baumelt. Als ich an mir hinunterblicke, stelle ich fest, dass ich ebenfalls in neuen Klamotten stecke. Um genau zu sein, sehe ich aus, als würde ich gleich in mein Wikingerboot steigen und auf einen Raubzug gehen. Ich trage dicke Lederstiefel, eine dazu passende Lederrüstung, die ganz schön schwer ist und kneift, eine grüne Stoffhose und über den Schultern ein Fell. Meine Sicht ist ziemlich eingeschränkt, denn auf

meinem Kopf sitzt ein Helm mit Hörnern an den Seiten – na klar.

„IIIIIH, ist das ein echtes Fell?" Mir wird ganz schlecht. Doch Loki ignoriert meinen Einwurf.

„Perfekt, du siehst schon fast wie ein Gott aus! Also mit seeeeehr viel Fantasie, denn du bist viel kleiner und schwächlicher. So, kommen wir nun zu den Übungen, die ich vorbereitet habe. Du musst einiges draufhaben, um die Kräfte des Donnergottes zu beherrschen. Aber das wird ein KLACKS, wenn selbst Thor es geschafft hat." Loki hustet kurz.

„Kann ich dann auch schnippen und zaubern?", frage ich. Das wäre natürlich der OBERHAMMER und sehr praktisch für den nächsten Mathetest.

„Nö, das kann nur ich. Aber du wirst superschnell und superstark sein. Du wirst in der Lage sein, Blitze zu verschießen und Donner heraufzubeschwören. Und natürlich kannst du Mjölnir, den magischen Hammer, rufen und schwingen."

Aha, vielleicht lagen deswegen die Hämmer heute Morgen in meinem Bett! Aber die waren definitiv nicht magisch.

„Los geht's!" Wieder ist dieses Lächeln auf Lokis Gesicht. Und als er dieses Mal schnippt, verwandelt sich der halbe Wald in einen **MÖRDERISCHEN PARCOURS!**

Meine Aufgabe besteht darin, genau diesen Hindernislauf zu überleben. Am Anfang bin ich auch gar nicht so schlecht! Gut, ich kann kaum was sehen und bin ziemlich unbeweglich in der schweren Rüstung, aber ich komme voran. Zumindest so lange, bis ich über einen umgekippten Baumstamm balanciere und mich von rechts etwas hart in die Seite trifft und runterschmeißt. Wie aus dem Nichts baumeln plötzlich an den Ästen der Bäume mit Sand gefüllte Säcke, die immer wieder kreuz und quer über den Baumstamm schwingen.

Nach gefühlt zwanzig Versuchen und unzähligen blauen Flecken schaffe ich es auf die andere Seite. Dort erwartet mich ein Tümpel, der eben noch nicht hier war.

„Los, du musst ihn einfach durchqueren!", ruft mir Loki zu, der nur ein paar Meter entfernt steht und an einem Trinkhorn nippt.

Ich schaue mich um, ob hier vielleicht auch Säcke vom Himmel baumeln oder eine andere Falle auf mich wartet. Aber die Luft ist rein. Also mache ich einen Schritt in den Teich. Das Wasser ist eiskalt, und je weiter ich gehe, desto mehr saugen sich meine Klamotten damit voll. Ich fange an zu zittern und komme kaum voran – bis etwas mein Bein streift.

„Ähm, Loki, sind hier Fische in dem Teich?"

Doch Loki schüttelt den Kopf. „Was willst du mit Fischen? Natürlich nicht. **ABER DAFÜR BLUTEGEL, ZITTERAALE UND SEESCHLANGEN.**"

Ich glaube, Loki ist positiv überrascht, als ich schreiend und in Windeseile den Tümpel durchquere. Ich bin so schnell, das hätte ich mir selbst nicht zugetraut.

Zu guter Letzt erreiche ich eine Art Klippe, die bestimmt vorher auch noch nicht da war.

Von links und rechts ragen Äste über die Schlucht – ich nehme mal an, dass ich mich an ihnen baumelnd hinüberhangeln muss. Eigentlich bin ich mir sicher, dass ich in der vollgesogenen Rüstung keine Chance habe, wirklich gar keine. Sie ist viel zu schwer, und ich kann auch ohne kaum länger als fünf Sekunden in der Turnhalle an einem Kletterseil hängen.

TJA, WAS SOLL'S. Ich habe ja keine Wahl. Und damit nehme ich Anlauf, springe an den ersten Ast und rutschte ab.

Als ich schreiend hinabstürze, fällt mir auf, dass dort kein moosiger Waldboden auf mich wartet, sondern angespitzte Speere. Doch bevor ich die Gelegenheit bekomme, erneut zu schreien, höre ich ein Schnippen. Als würde mich eine Geisterhand in der Luft auffangen, stoppt mein Sturz, und ich werde auf magische Weise wieder hoch zur Klippe getragen. PUH, DAS WAR KNAPP.

„Tom, das kannst du besser!" Loki steht wieder neben mir. „Du musst aufhören, dir so viele Gedanken zu machen. Gedanken, was andere von dir denken könnten oder was du selbst von dir hältst. Atme tief durch und vertrau auf deine Fähigkeiten, vertraue auf Thors Macht. Du schaffst das."

Der hat gut reden. Aber schön, ich atme tief durch. „Ich bin Tom Hudson, zehn Jahre alt, und hab durch einen Blitzschlag die Macht von Thor dem Donnergott erhalten! Ich werde diese Aufgabe jetzt sofort meistern – bei ... äh ... bei meinem Bart!"

Und damit nehme ich erneut Anlauf, aber dieses Mal mit mehr Zuversicht und Vertrauen. Ich stoße mich mit Schwung von der Klippe ab, fliege am ersten Ast vorbei und packe beim zweiten Ast fest zu. UFF. GESCHAFFT!

Klar, einfach ist es nicht. Ich schwitze und muss mich richtig anstrengen, aber mir gelingt es tatsächlich, mich bis zur anderen Seite hinüberzuhangeln.

Dort wartet bereits Loki auf mich und nickt mir anerkennend zu. „Na bitte, geht doch. Kommen wir nun also zur Königsdisziplin: **HAMMER, BLITZ UND DONNER!**"

Vor uns befindet sich eine Waldlichtung. Die Bäume stehen fein säuberlich in einem Kreis, an ihren Ästen baumeln Zielscheiben.

„Um Donner und Blitze heraufzubeschwören, benötigst du den Hammer. Also ruf ihn!", fordert Loki mich auf.

Ja gut, wenn das so einfach klingt, wie er sagt ... Ich mache einen Schritt auf die Lichtung und strecke die Hand aus. **„KOMM HER, HAMMER, HIIIIERHER, KOMM, KOMM, KOMM"**, versuche ich es. Aber es geschieht genau gar nichts.

Loki schlägt sich eine Hand vors Gesicht. „Tom, das ist ein göttlicher Hammer, der von Zwergen geschmiedet wurde und in der Lage ist, einen Riesen umzuhauen. Das ist kein Hund, den du mit einem Leckerli locken kannst."

Ich zucke mit den Schultern. „Keine Ahnung, ich hab noch nie einen Hammer gerufen und überhaupt auch mit noch keinem geredet. Wenn es so einfach ist, warum machst du es nicht?"

„Schon vergessen? Du hast Thors Kräfte, nicht ich. Auf mich wird MJÖLNIR, also der Hammer, nicht hören. Außerdem kann ich ihn nicht mal hochheben", gibt Loki zurück.

Genervt lasse ich mich mit meinen immer noch nassen Klamotten ins Gras plumpsen. „Das ist doch bescheuert. Du kannst immerhin zaubern. Ich bin kein Gott, ich kann das nicht. Ich kann gar nichts."

Loki setzt sich mir gegenüber in den Schneidersitz. „Warum sagst du so was? Du hast es doch erst ein Mal probiert."

„Na, weil mir nichts gelingt. Ich war in den letzten drei Jahren auf fünf Schulen, und nirgendwo hab ich dazugehört. Die anderen machen immer Witze über mich oder ignorieren mich gleich", sage ich traurig und rupfe ein Büschel Gras aus.

„Hmm, verstehe.“ Loki denkt einen Moment nach. „Aber hast du mal überlegt, dass dir total egal sein kann, was andere von dir halten? Außerdem hast du jetzt richtige Kräfte, sie schlummern in dir! Du musst nur an dich glauben und sie aufwecken.“

„ABER WIE?“, frage ich.

Loki richtet sich auf. „Du stellst dich jetzt hin, schließt die Augen und denkst an all die Dinge, die du richtig gut kannst. Zum Beispiel ... Fragen stellen! Oder ... äh ... Skateboarden?“

Ich schüttele den Kopf.

„Na gut, dann irgendwas anderes! Und dann sagst du: ‚MJÖLNIR, ICH BEFEHLE DIR, KOMM ZU MIR!‘ Los, versuch es, das wird schon.“

Keine Ahnung wieso, aber irgendwie machen mir Lokis Worte Mut. Es gibt doch bestimmt Dinge, in denen ich gut bin. Ich rappele mich auf, schließe meine Augen und denke nach. Hmmm, ich bin ziemlich gut darin, meine Lehrerinnen und Lehrer zu nerven! Oh ja, und wie Loki sagt, stelle ich gute Fragen. Ich bin ein guter Zuhörer, zumindest wenn meine kleine Schwester mich vollplappert – okay, die kann nicht richtig sprechen. Auch wenn es gerade anders aussieht, gebe ich nicht leicht auf, denn wer hat in meinem Alter schon so viele Schulen besucht? Ich glaube daran, dass ich irgendwann meinen Durchbruch haben werde, dass die anderen Jungs und Mädchen erkennen werden, dass ich cool bin! Jawohl! Und dann wollen alle mit mir befreundet sein!

„MJÖLNIR, ICH BEFEHLE DIR, KOMM ZU MIR!“, sage ich mit fester Stimme.

Ein paar Sekunden lang passiert nichts. Dann höre ich ein

WUSCH und ein

WRUMRUMRUMRUMRUM

Im letzten Moment öffne ich die Augen und sehe gerade noch, wie ein riesiger leuchtender Hammer auf mich zurast. Doch statt mich zu ducken, strecke ich die Hand aus und fange ihn.

Ich kann kaum fassen, dass es tatsächlich geklappt hat! „WOW, WIE COOL WAR DAS DENN? Hast du das gesehen?"

Loki nickt. „Hab ich! Nicht schlecht!"

„KRASS! Wo kommt das Ding eigentlich her?", frage ich, als ich den Hammer in meinen Händen drehe und wende. Der Kopf ist so riesig, dass er eigentlich viel zu schwer sein müsste. Aber aus irgendeinem Grund ist er in meiner Hand federleicht. Es fühlt sich fast so an, als würde er schon immer mir gehören, wie ein Teil von mir. An den Seiten sind Verzierungen und Zeichen abgebildet, die ich nicht lesen kann. Irgendwie kommt er mir bekannt vor. NA KLAR! Es ist der Hammer aus meinem Traum mit dem komischen blonden Typen – das muss also wirklich Thor gewesen sein!

Loki zuckt mit den Schultern. „Um es kurz zu machen: MAGIE. Wenn ich dir die lange Version erklären würde, müssten wir mit dem Bifröst starten, den neun Welten, dem Raum-Zeit-Kontinuum ... Das würde den Rahmen und wahrscheinlich auch dein Menschenhirn sprengen! Du musst nur wissen, dass der Hammer kommt, wenn du ihn rufst. Egal, wo du bist!"

„WOW!", sage ich noch mal. „Und damit kann ich jetzt Blitze verschießen und Donner heraufbeschwören?"

„Ob du das kannst, finden wir gleich heraus." Loki grinst. „Wie du siehst, befinden sich um uns herum kleine Zielscheiben. Ich möchte, dass du sie anvisierst, dann den Hammer schwingst und sie wegpustest."

Okay, na schön, ich hab es geschafft, Mjölnir zu rufen. Dann sollte ich auch in der Lage sein, ihn einzusetzen. Also ziele ich auf eine Scheibe, die nicht allzu weit weg ist, und lasse probeweise den Hammer ein paarmal in der Luft kreisen.

„BAZINGA!", rufe ich und zeige auf die Zielscheibe. Nichts passiert.

„ABRAKADABRA! HOKUSPOKUS! BEI DER MACHT VON GRAYSKULL!“ Nö, da tut sich wirklich überhaupt nichts. Aber ich weiß, dass ich es schaffen kann. Als ich Amy ein High Five gegeben habe, hätte ihr das fast die Schulter ausgekugelt. Ich spüre, wie die Energie wie ein Britzeln ganz warm durch mich hindurchfließt. Vielleicht muss ich den Hammer wie eine Verlängerung meines Armes nutzen und dann einfach die Kraft hindurchströmen lassen.

Und genau das tue ich jetzt. Im nächsten Moment kitzelt mein ganzer Arm, und ein blau leuchtender Blitzschlag löst sich aus dem Hammer. Er erwischt nicht nur die Zielscheibe, sondern gleich den ganzen Baum, der erst

in Flammen aufgeht und dann in einer Rauchwolke verpufft.

„Nicht schlecht, Cowboy!", sagt Loki und grinst.

„Tom? Wo bist du, die Pause ist zu Ende! TOO-HOOM!"

Oh, oh, das ist Amys Stimme. Sie darf auf keinen Fall erfahren, was hier vor sich geht!

Loki reagiert blitzschnell, schnippt – und schon sind der Hindernislauf, die Zielscheiben und meine Rüstung verschwunden.

Anstatt des Hammers halte ich einen Wischmopp in der Hand.

Keine Sekunde zu spät, denn schon tritt Amy zwischen den Bäumen hindurch auf die Lichtung.

„Da bist du ja endlich! Ich hab dich überall gesucht!“ Sie klingt schlecht gelaunt und stemmt die Hände in die Seiten.

„Wir waren zum Proben verabredet. Hast du das etwa vergessen? Wie sollen wir heute Abend auftreten, wenn wir noch nie zusammen gespielt haben?“

PUH, das habe ich ganz vergessen. Aber was hätte ich tun sollen? Ich hab hier gerade wirklich andere Probleme, die ich erst in den Griff bekommen muss. Trotzdem habe ich ein schlechtes Gewissen.

„Und was tut ihr hier überhaupt? Die Pause ist längst zu Ende.“ Dabei blickt sie auf den WISCHMOPP in meiner Hand.

„Äh ... Ich dachte, ich führe Loki an seinem ersten Tag mal rum! Und ja, hier im Wald gibt es seeeehr viele gefährliche ... ähm ... Büsche! Mit dem Ding hier wollte ich uns verteidigen und den Weg freimachen." Nicht gerade meine beste Lüge. Amy sieht nicht überzeugt aus. „Na ja, gut, dass du uns gefunden hast. Wir haben uns nämlich auch noch verlaufen! Dann nichts wie zurück zur Schule. Ich glaube, wir haben jetzt Mathe."

Amy verzieht das Gesicht. „Wir haben Bio. Keine Ahnung, was plötzlich mit dir los ist. UND DICH BEHALTE ICH IM AUGE." Damit zeigt sie auf Loki, dreht sich um und stapft aus dem Wäldchen.

Loki und ich laufen schnell hinterher.

„Etwas unfreundlich, das Mädchen mit der Zahnspange", flüstert Loki mir zu, doch ich höre schon gar nicht mehr hin. Mir macht etwas ganz anderes Sorgen. Wir müssen noch vorsichtiger sein! Nicht dass doch noch jemand hinter unser GEHEIMNIS kommt. Dann kann ich einpacken und mir eine neue Schule suchen!

Kapitel 5
Der neue König der Schule

Die Aufgabe für die nächsten Schulstunden ist also, den Ball flachzuhalten und nicht weiter aufzufallen. Das sollte nicht allzu schwierig sein. Kurz bevor wir den Klassenraum betreten, macht es PUFF, und der Wischmopp ist aus meiner Hand verschwunden. Und damit auch der Hammer!

Er hat sich einfach in Luft aufgelöst. Panisch drehe ich mich zu Loki um, doch der gibt mir ein Zeichen, dass ich cool bleiben soll.

„KEIN DING, der Hammer verschwindet, wenn er nicht benötigt wird. Sobald du ihn brauchst, kannst du ihn einfach wieder herbeirufen", erklärt er im Flüsterton, sodass Amy es nicht hört.

Wir setzen uns auf unsere Plätze, aber ich spüre, dass Amy mir böse Blicke zuwirft. Sie scheint WIRKLICH SAUER zu sein.

Ich überlege gerade, wie ich es wieder geradebiegen kann, da betritt unsere Biolehrerin den Raum. Laut meinem Stundenplan, den ich gestern von Frau Bottom bekommen habe, heißt sie Frau Kleinlich – KEIN SCHERZ.

Sie hat kurze lockige Haare, eine eckige Brille, und ihr Gesicht sieht so aus, als wäre sie nicht zu Späßen aufgelegt. Vor sich trägt sie einen Käfig, in dem etwas Graues, Pelziges sitzt. Als sie ihn auf dem Pult abstellt, erkenne ich, dass dadrin eine graue Ratte hockt.

„Ist das eine Maus, Frau Kleinlich?", fragt ein Schüler.

Sie rümpft daraufhin die Nase. „**Hast du keine Augen im Kopf?** Und melden kannst du dich auch nicht? Das ist keine Maus, sondern eine Hausratte! Das erkennt man woran?" Fragend blickt sie in die Klasse und schiebt die Brille auf ihrer Nase noch ein Stück höher.

Der fiese Henry meldet sich ganz artig, als könnte er kein Wässerchen trüben.

„Kannst du es deinem Mitschüler einmal erklären, Henry?"

„Aber sehr gerne! Ich habe selbst eine Ratte zu Hause. Sie sind größer als Mäuse, haben aber kleinere Ohren und einen langen Schwanz ohne Haare", erklärt er in einem schleimigen Ton.

Frau Kleinlich nickt. **„Ausgezeichnet!"**

„Ausgezeichnet, Henry, ganz große Klasse", murmele ich vor mich hin.

Leider hat Frau Kleinlich ziemlich gute Ohren. „Wie war das? Hast du etwas gesagt?", fragt sie und mustert mich. Ich fühle mich wie eine Maus in der Falle. „Ach, du musst der neue Schüler sein!", sagt sie dann. „Komm doch gerne nach vorne an die Tafel, und schreib alle Merkmale einer Ratte auf, die dir sonst noch einfallen."

OH WEH, das sieht nicht gut für mich aus. Ich hab das Gefühl, dass Frau Kleinlich mir damit eine Lehre erteilen will. Quälend langsam stehe ich also auf und schlurfe Richtung Tafel. Scheinbar wird hier noch mit Kreide geschrieben. Ich nehme ein Stück und überlege fieberhaft, was ich über Ratten weiß.

Sie kriechen gerne durch Mülltonnen ...

Sie kochen ein fantastisches Ratatouille – ach nee, das war ein Film.

Doch bevor es WIRKLICH PEINLICH werden kann, höre ich hinter mir einen spitzen Schrei. Ich wirbele herum und sehe, wie Henry von seinem Stuhl kippt.

Mein Blick fällt auf den Käfig. Er ist offen – UND DIE RATTE IST WEG!

Oder nein, weg ist sie nicht, sie hat sich auf Henry gestürzt und krabbelt über sein Gesicht. Frau Kleinlich rennt auf ihn zu, um die Ratte wieder einzufangen, aber das Tier springt einfach auf ihren Kopf.

ARGHH
iiiiK!
OH GOTT!!
AAAHHHHH
? ??!!
AAAH
SCHNIPP

Blitzschnell wuselt es durch ihre Haare, während Frau Kleinlich schreit und ganz rot anläuft.

Das absolute CHAOS bricht in der Klasse aus. Ein paar Jungs und Mädchen fangen ebenfalls an zu schreien und klettern auf ihre Tische. Nur einer sitzt ganz lässig auf seinem Platz, schaut dem Unheil grinsend zu und bewegt seinen Finger, als würde er ein Orchester dirigieren: Loki.

Ein Grinsen macht sich auch auf meinem Gesicht breit, als er mir zuzwinkert – ER HAT MICH GERETTET!

Im nächsten Moment hüpft die Ratte von Frau Kleinlichs Kopf hinunter und rennt direkt auf mich zu. Normalerweise würde ich auch auf den nächsten Tisch springen, um mich in Sicherheit zu bringen. Aber Loki nickt mir zu, und ich vertraue ihm. Also knie ich mich auf den Boden und halte der Ratte die Hand hin. Kurz schnuppert sie daran, dann hopst sie artig darauf und lässt sich von mir zurück in den Käfig tragen.

Erst als ich den Riegel wieder vorschiebe, merke ich, dass es ganz ruhig in der Klasse geworden ist. Alle Blicke sind auf mich gerichtet – dann brechen alle in Applaus aus.

Sie jubeln mir zu. MIR!

„Das hast du sehr gut gemacht und einen KÜHLEN KOPF bewahrt", lobt mich sogar Frau Kleinlich, die ganz schön mitgenommen aussieht.

Irgendwer klopft mir auf die Schulter, ein Junge namens Marc gibt mir ein High Five. Nur Henry sitzt schmollend auf seinem Stuhl. „Ich hatte alles unter Kontrolle!", behauptet er, aber niemand beachtet ihn.

So fühlt es sich also an, beliebt zu sein! Ich könnte mich glatt daran gewöhnen.

Und tatsächlich geht es genauso auch in der nächsten Stunde weiter. Wir haben Sport, was nicht gerade mein Steckenpferd ist. Also normalerweise bin ich ganz passabel und werde nicht als Letzter in die Mannschaft gewählt, aber das war es dann auch.

DIESES MAL IST DAS GANZ ANDERS. Ich werde schon als fünfter Spieler in das Team von Nora berufen, und sie ist eine echte Sportskanone mit einem Herz für Tiere. Scheinbar fand sie es ziemlich cool, wie ich die Ratte gerettet habe.

Heute spielen wir Basketball. Da rechne ich mir keine großen Chancen aus. Wenn ich den Korb überhaupt mit dem Ball berühren sollte, wäre das schon ein Erfolg.

Doch als mir Nora den Ball zuwirft, schalten sich irgendwie meine göttlichen Kräfte ein. Ich spüre wieder dieses Britzeln, so als würde Strom durch mich fließen. Ich kann es gar nicht genau beschreiben, aber meine Beine werden ganz warm, und plötzlich werde ich schnell – und zwar richtig schnell.

Dribbelnd renne ich an den gegnerischen Spielerinnen und Spielern vorbei. Henry versucht, mich mit einem unsportlichen Foul zu stoppen. Doch ich springe einfach über ihn hinweg und segele bestimmt zwei Meter über dem Boden an ihm vorbei.

„ALTER, WIE HAT ER DAS GEMACHT?“, ruft jemand.

BRITZEL
TITSCH!
TITSCH!

Henry glotzt mir nur mit offenem Mund hinterher.

„Hier, ich stehe frei!", höre ich Amy. Sie steht tatsächlich ganz gut vorm Korb, aber ich will diesen Punktewurf lieber selbst eintüten. Drei Gegner stehen noch vor mir, aber ich spiele sie einfach aus. Am ersten laufe ich vorbei, der zweite fällt plötzlich um, weil seine Schnürsenkel verknotet sind, und dann spiele ich den Ball einfach dem letzten durch die Beine.

Vor der Dreipunktelinie springe ich ab, gleite durch die Luft, über sechs Meter weit, und versenke den Ball im Korb! Während ich am Korb hänge, rennt meine Mannschaft jubelnd auf mich zu. Sie fangen mich auf und tragen mich durch die Halle. So habe ich mir das vorgestellt!

„Du bist der Beste, Tom!"

„Was für ein Wurf!"

„Wow, du bist geflogen!"

Auch dieses Mal entdecke ich Loki, der mir einen Daumen nach oben zeigt.

Neben ihm steht Amy mit verschränkten Armen – sie scheint nicht besonders begeistert zu sein. Aber vielleicht ist sie ja auch nur neidisch, dass ich jetzt endlich zu den COOLEN gehöre!

Kapitel 6
Einsame Entscheidungen

STARKES SPIEL! Nächstes Mal musst du in unser Team kommen, sonst wird es unfair!“, sagt Marc, als Loki und ich nach dem Sportunterricht die Jungsumkleide verlassen, und klopft mir auf die Schulter. Auch die anderen Jungs sind noch ganz aufgekratzt und wollen wissen, wie ich diesen Sprung zustande gebracht habe. Simon hat mich nach dem Spiel sogar nach einem Autogramm gefragt.

„Und wie hast du danach eigentlich den Ball rückwärts übers ganze Feld geworfen UND getroffen?“, will Finley wissen.

Ich winke ab. „Ach, jahrelange Übung und natürlich auch ein gewisses Talent!"

„Und wie gefallen dir deine Kräfte? Stark, oder?", flüstert mir Loki zu und knufft mich in die Seite.

Ich könnte mich immer mehr daran gewöhnen, wie das hier gerade läuft!

Vor der Umkleide erwartet mich allerdings jemand, der gar nicht begeistert aussieht: **AMY.**

„Können wir jetzt endlich los?", fragt sie und tritt dabei von einem Fuß auf den anderen.

„Los wohin?", gebe ich zurück. Keine Ahnung, wovon sie redet.

Sie schnaubt genervt. „Na, in den Musikraum zum Proben. Das ist unsere LETZTE CHANCE vor heute Abend."

Als ich nicht direkt antworte, schüttelt sie enttäuscht den Kopf. „Weißt du nicht mehr? Der Talentwettbewerb!"

OH MIST! Den hab ich ja total vergessen! Aber es war heute ja auch schon eine Menge los. Ich hab mich zum Beispiel in einen Gott verwandelt und bin plötzlich beliebt geworden. So ein Talentwettbewerb würde dem Ganzen natürlich die Krone aufsetzen. Wenn ich den gewinne, werde ich als LEGENDE in die Geschichtsbücher der Schule eingehen!

„Ja klar, den habe ich natürlich nicht vergessen! Leider habe ich jetzt keine Zeit zu proben. Wir schaffen das auch ohne."

Amy sieht mich schief an. „Wie? Aus dem Stand? Ich will dich nicht beleidigen, Tom, aber du bist nicht der

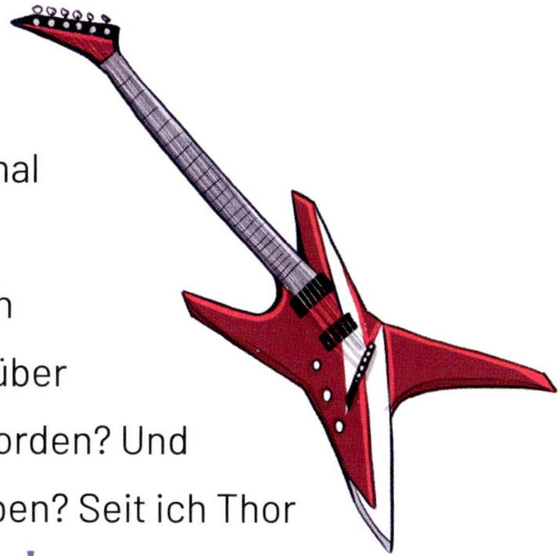

beste Gitarrist. Wir sollten echt üben – wir haben nicht mal einen Song."

Irgendwie bin ich jetzt auch genervt von Amy. Wie ist sie über Nacht so ein Miesepeter geworden? Und wieso denkt sie, ich müsse üben? Seit ich Thor bin, bin ich in allem FANTASTISCH! Ich bin schnell, stark, beliebt und kann Blitze verschießen. HALLO?! Als ob ich nicht auch aus dem Stegreif grandios Gitarre spielen könnte!

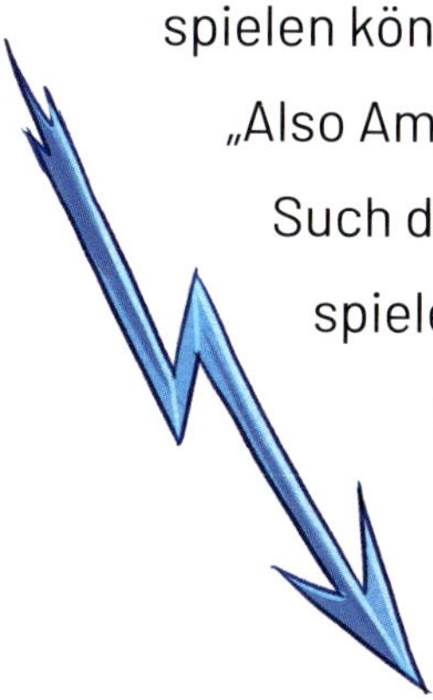

„Also Amy, ich weiß nicht, was du von mir willst! Such dir irgendein Lied aus, ich werde es schon spielen können. Du gehst mir langsam echt auf die Nerven!", antworte ich und merke selbst, dass das etwas gemein von mir ist.

Amys Augen werden groß, und dann sieht sie einfach nur traurig aus. „Was ist denn los mit dir, Tom? Wir haben uns so gut verstanden. Aber seit der Typ da aufgetaucht ist, bist du einfach komisch." Sie zeigt auf Loki, der lächelnd den Streit zwischen uns beiden verfolgt. „Irgendwas ist da doch im Busch! Und ich werde auch herausfinden, was!" Und damit geht sie einfach weg und lässt uns stehen.

„Soll ich sie in eine ZIEGE verwandeln?", schlägt Loki vor und will schon schnippen.

„Nein, nein, sie meint es nicht so." Irgendwie hab ich ein mulmiges Gefühl. Zum einen, weil sie mein Geheimnis lüften will, und zum anderen, weil ich überhaupt ein Geheimnis vor ihr habe. Vielleicht wäre es doch besser, wenn ich ihr erzählen würde, dass ich der neue DONNERGOTT bin. Und vielleicht würde sie es verstehen und mich nicht für komisch halten.

„Denk nicht mal dran!", ermahnt mich Loki, als könnte er meine Gedanken lesen. „Du musst für dich behalten, dass du Thors Kräfte hast. Niemand darf es wissen. Sonst finden dich Hels Kreaturen noch schneller, als dir lieb ist."

Und als könnte er in die Zukunft blicken, läuft im nächsten Moment der schreiende Hausmeister an uns vorbei. Seine Brille ist ihm von der Nase gerutscht, und er sieht aus, als hätte er einen Geist gesehen. „RENNT UM EUER LEBEN, KINDER! Schnell! Da ist ein riesiger, wilder Hund auf dem Schulhof!"

Loki zieht eine Augenbraue hoch und guckt mich mit diesem Gesichtsausdruck an, den sonst nur Erwachsene draufhaben. So in die Richtung: „Ich hab's dir doch gesagt!"

„Soll das etwa eins von diesen Monstern sein?", frage ich ihn.

Loki zuckt nur mit den Schultern. „Gut möglich. Es kann sein, dass dich der FENRISWOLF gefunden hat. Sicherlich hat ihn seine Nase hierhergeführt. Er ist gekommen, um dir deine Kräfte zu stehlen, und du musst dich ihm entgegenstellen. Allerdings weiß ich nicht, ob du schon bereit dafür bist ..."

Ich strecke mich, lasse meine Finger knacken und wippe einmal auf den Zehenspitzen vor und zurück. „Ach was, es läuft doch super! Und ich hab dein

Training bestanden! Ich denke, ich werde mir diesen Wolf mal ansehen und ihm eine Lektion erteilen!“

Doch Loki wirkt nicht so begeistert, wie ich mir das vorgestellt habe. „Bist du dir sicher, dass du dafür schon bereit bist? Hast du überhaupt schon mal einen Wolf gesehen? Der Fenriswolf ist fünfmal so groß wie ein normaler und viel gefährlicher! Seine **Reisszähne** können Stahl zerbeißen, seine **Klauen** durchtrennen Beton. Und warte mal ab, bis du sein markerschütterndes **Heulen** hörst!“

„Also, wenn ich mich richtig erinnere, habe ich Thors Kräfte und kann einen Hammer rufen. Ich denke, diesen Wolf zur Strecke zu bringen wird ein **Kinderspiel**“, entgegne ich großspurig. Keine Ahnung, warum jetzt auch Loki plötzlich so ein Spielverderber ist. Er hat mich trainiert, ich kenne die Tricks – da werde ich doch mit so einem Wolf fertig.

Da zupft jemand an meinem Shirt. Es ist Simon.

„Sag mal, hast du gerade echt gesagt, dass das gar kein Hund ist, sondern ein Wolf? Und du willst ihn fangen?“

Ich nicke und stelle mich noch etwas breitbeiniger hin. „NA LOGO! Wer hat denn vor so was Angst? Ich werde dafür sorgen, dass unser Schulhof wieder sicher ist!"

Loki schüttelt nur den Kopf. Vielleicht denkt er, ich würde mich verquasseln. Aber ich hab doch niemandem verraten, was für ein Wolf das ist.

„Bestimmt hat er sich nur verlaufen. Ich zeig ihm, wo der Ausgang ist."

Und irgendwie spricht sich die Sache wohl rum, denn als Loki und ich den Pausenhof betreten, haben sich dort bereits viele Schülerinnen und Schüler versammelt.

Als sie mich sehen, fangen einige an zu klatschen. Ein paar ältere Kinder sehen noch nicht überzeugt aus, wollen aber zumindest dabei sein, wenn ich mich mit einem echten Wolf anlege.

„Angeblich hat das Tier Susanna Flemming GEFRESSEN!", höre ich irgendwen tuscheln.

„Ist die nicht krank zu Hause?", fragt wer anders.

„Ach so, dann wohl nicht …"

„Ey, schau mal, da ist er! Wie heißt der Neue noch mal? Ron?"

„Nein, das ist doch Tom! Er ist echt cool!"

Ich spüre, wie ich rot werde. Endlich erkennen die anderen meine Talente UND wissen, wie ich heiße!

„Lass dir das nicht zu Kopf steigen. Weniger Publikum hätte es auch getan", ermahnt mich Loki. „Und ruf den Hammer erst, wenn dich niemand sehen kann!"

JAJA, ICH HAB'S VERSTANDEN. Also wende ich mich an die Umstehenden. „So, liebe Leute, ich werde das Problem nun aus dem Weg räumen! Zu eurer eigenen Sicherheit müsst ihr Abstand halten und dürft mir nicht folgen. Wo wurde der Wolf zuletzt gesehen?"

Ein Mädchen, das bestimmt einen Kopf größer ist als ich, zeigt auf den hinteren Teil des Schulhofs, wo Spielgeräte wie eine Wippe, eine Schaukel und eine Holzhütte hinter Absperrband stehen. Kurz davor befindet sich ein einsamer Baum.

„Alles klar, dann wollen wir mal!"

Ich marschiere geradewegs Richtung Baum. Als

meine Knie ein bisschen wackelig werden, spreche ich mir selbst Mut zu: „Komm schon, Tom! Du bist nicht irgendwer, du bist Thor der Donnergott!"

Schnell husche ich hinter den Baum, konzentriere mich und strecke die Hand aus. „Mjölnir, ich befehle dir, komm zu mir!"

Schon ertönt das WUSCH und dann das WRUMRUM-RUMRUM. ZACK – der Hammer landet in meiner Hand, und mit einem Mal ist jeder Zweifel verflogen. Der Wolf kann sich warm anziehen!

Ich mache also einen Schritt hinter dem Baum hervor und versuche, den Hammer so zu halten, dass hoffentlich niemand ihn

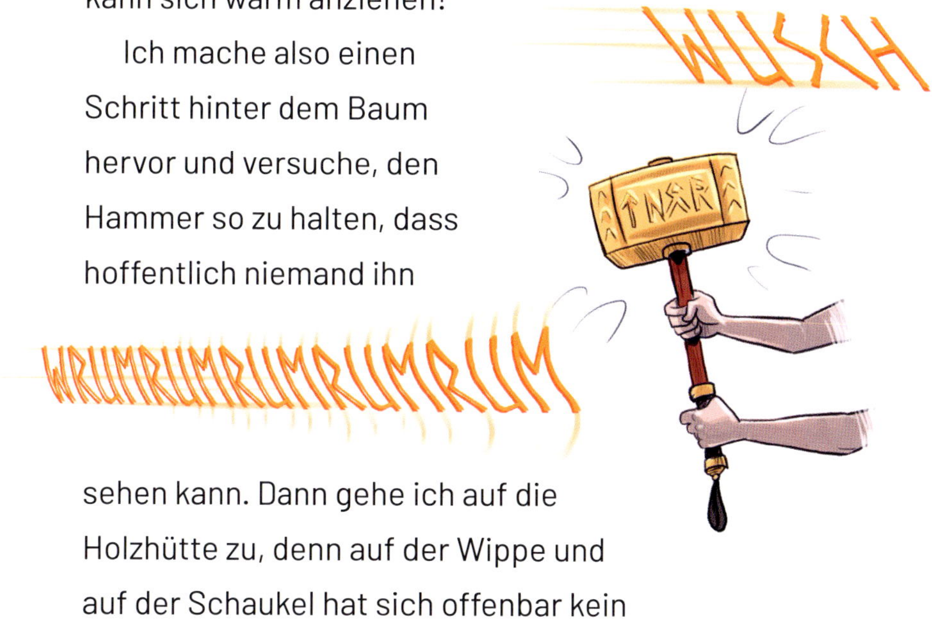

sehen kann. Dann gehe ich auf die Holzhütte zu, denn auf der Wippe und auf der Schaukel hat sich offenbar kein Wolf versteckt.

Mein Herz hämmert in der Brust, als ich nach der Klinke greife. Durch die milchige Fensterscheibe erkenne ich einen bedrohlichen Schatten, der sich im Inneren bewegt. Das Tier muss Reißzähne so lang wie meine Unterarme haben.

Als ich noch einen letzten Blick zurückwerfe, sehe ich, wie sich mittlerweile die halbe Schule versammelt hat und gebannt zu mir herüberschaut.

Dann reiße ich die Tür auf, mache einen Satz hinein und schwinge meinen Hammer wie verrückt.

Doch da ist ... GAR NICHTS. Kein Hund und schon gar kein riesiger Wolf. Stattdessen hockt auf einem kleinen Holztisch neben ein paar Mülleimern und Gartengeräten ein Eichhörnchen.

Ja, du hast richtig gelesen. Der Hausmeister ist wegen eines Eichhörnchens ausgeflippt.

Erst die Ratte, dann das – was ist denn los mit den Leuten? Ich lasse den Hammer sinken.

„Das ist jetzt echt doof gelaufen. Du bringst mich in eine schwierige Lage", erkläre ich dem Eichhörnchen. Das glotzt mich aus kugelrunden Augen an und zieht die Nase kraus. „Die da draußen erwarten von mir, dass ich einen Wolf einfange, aber du bist offensichtlich keiner."

Ich gehe zu einem der Fenster, das meine Mitschüler von ihrem Standort aus nicht sehen können. Dann öffne ich es und zeige darauf. „Los, EICHHÖRNCHEN, du bist frei!"

Hat es etwa gerade genickt?! Auf jeden Fall hüpft es auf die Mülltonne, die direkt unter dem Fenster steht. Eine Nuss fällt dem Eichhörnchen aus den Backen. Sie verursacht einen dumpfen, kaum hörbaren Laut, als sie auf dem Deckel der Mülltonne landet und davonkullert. Dann ist das Tier auch schon verschwunden.

Genau in dem Moment kommt mir ein grandioser Gedanke, wie ich doch noch den Wolf bekämpfen kann!

Für alle auf dem Schulhof muss es sich so anhören, als würden hier drin mindestens ZEHN BÄREN randalieren. Ich schlage mit dem Hammer auf die Tonnen, werfe den Holztisch um und heule wie ein waschechter Wolf.

NA TOLL.
BONK
BUMM!!
KRACK!!!
ZACK
BUMM
BAMM
KLIRR!!
KRASS!

Dazwischen rufe ich so was wie „Mach dich auf was gefasst, du Untier!", „Was? Du hast noch nicht genug? Dann nimm das!" und „Haha! Nicht getroffen! Da musst du schon schneller sein!". Ich liefere der Schule den KAMPF DES JAHRHUNDERTS – nur halt ohne Gegner. Zum großen Finale werde ich ganz leise. Die anderen auf dem Schulhof sind bestimmt gespannt wie sonst was. Dann springe ich nach draußen, halte den Hammer in die Luft, der sich wieder in einen Wischmopp verwandelt hat, und rufe: „Es ist vollbracht! Hier wird kein Wolf mehr sein Unwesen treiben."

Tobender Applaus bricht aus! Ich lächele breit und lasse meinen Blick über die Umstehenden gleiten. Keine Amy.

Und Lokis Gesicht sieht wie versteinert aus.

Kapitel 7
Schluss mit lustig

Fenriswolf – dass ich nicht lache! Das war wohl eher ein kleines Wölfchen! Da muss sich die Göttin der Unterwelt was Besseres ausdenken!“, sage ich zu Loki und hebe eine Hand, damit er einschlägt. Aber er lässt mich hängen und verschränkt die Arme vor der Brust.

„Ich bin nicht doof, Tom. Da drin war nie im Leben der echte Fenriswolf.“

Ups, er scheint meine kleine Lüge zu durchschauen.

„Hä? Klar war das ein echter Wolf! Hast du nicht gehört, wie ich mit ihm gekämpft habe?“, versuche ich es noch einmal. Mittlerweile hat meine Stimme einen etwas schrillen Ton angenommen.

Lokis Miene verdüstert sich noch mehr. „Ich meine es ernst. Ich hab so viel Zeit und Energie in das hier gesteckt, und jetzt blödelst du herum, um ein paar Kinder zu beeindrucken."

„Ich hab mich heldenhaft in den Kampf gestürzt", erwidere ich, „und einen echten, riesigen und supergefährlichen Wolf bekämpft – weil ich der AUSERWÄHLTE bin und du es so wolltest! Du hast gesagt, das ist mein Teil der Abmachung."

Loki schnaubt. „Du denkst doch nicht, dass du den GOTT DER TÄUSCHUNG einfach täuschen kannst!"

Komisch, Loki hat nie erwähnt, dass er der Gott der Täuschung ist. „Was soll das heißen?", frage ich deswegen. „‚Täuschung' im Sinne von ‚Lügen'?"

Loki hat wieder dieses gruselige Grinsen im Gesicht. „NA ENDLICH! Der Groschen ist gefallen! Ja, ich bin der Gott der Täuschung, der Lüge, der List, des Verrats. Prima, haben wir das auch endlich geklärt! Was lernt ihr Kinder heutzutage überhaupt noch in der Schule?" Er wirft die Hände in die Luft, so als wäre ich ein Baby, das die einfachste Sache der Welt gerade begriffen hat.

„Aber … aber mich hast du nicht belogen, oder?", frage ich noch mal nach. Ein ungutes Gefühl breitet sich in mir aus. „Ich bin der Auserwählte, der die Kreaturen der Unterwelt bekämpfen soll, richtig?"

„Okay, Tom, ich werde jetzt versuchen, es so SCHMERZLOS wie möglich zu machen. Aber offenbar begreifst du den Ernst der Lage nicht und veranstaltest hier irgendwelche Showkämpfe: DU BIST KEIN AUSERWÄHLTER. Du bist einfach nur ein Mensch, der es gerade mal hinkriegt, sich die Schnürsenkel so zu binden, dass er nicht bei jedem Schritt auf die Nase fällt."

AUTSCH, das tat weh.

„Das glaube ich nicht! Thor hat mich auserwählt und mir mit einem Blitz seine Kräfte übertragen, damit ich Asgard vor den Kreaturen der Unterwelt beschütze!", halte ich dagegen.

Loki seufzt. „Das war eine WETTE, Kleiner. Nicht mehr und nicht weniger. Asgard ist mir völlig egal, es gibt keine Prophezeiung, die Monster wittern nur den Hammer und den Duft der Macht Thors – nichts weiter." Er macht eine Pause und zuckt gelangweilt mit den Schultern. „Ich meinte zu Thor, dass jeder noch so unfähige, tollpatschige, nervige und halbstarke Trottel mit seinen Kräften zu einem mächtigen Krieger wird. Er hat sich dich ausgesucht, nur deswegen habe ich dir überhaupt geholfen."

Loki hat mich BELOGEN. Ich fasse es nicht. Irgendwie tut mein Herz plötzlich richtig weh. Ich dachte, er und ich wären Freunde. Und was soll das überhaupt heißen – „TROTTEL"? Halten mich etwa selbst die nordischen Götter für einen Verlierer?

So, hier mache ich einen Schnitt wie in einem Film, wenn die Hauptfigur wieder an den Anfang der Geschichte zurückspringt. Wir sind jetzt auf dem gleichen Stand, du und ich. Also von ganz am Anfang, weißt du noch? Jetzt habe endlich auch ich begriffen, was die Götter da für ein Spiel mit mir treiben – ein ganz schön **MIESES!** Loki und sein Bruder Thor, der ach so mächtige Donnergott, haben sich einen Scherz mit mir erlaubt und mal eben mein komplettes Leben auf den Kopf gestellt, einfach so aus Spaß!

Ich meine – **HALLO?!** –, mir ist ein Bart gewachsen!

Na gut, ich muss auch zugeben, dass ich dadurch ziemlich coole Kräfte bekommen habe, die mich sogar beliebter gemacht haben als je zuvor. Aber die beiden Brüder halten mich für einen Deppen, und das ist nicht okay. So was macht man nicht, mit niemandem.

Ich zucke also mit den Schultern. „Na fein, dann heißt es jetzt **LEB WOHL** und auf **NIMMERWIEDERSEHEN**."

„Wie bitte? Was meinst du?"

Loki sieht mich verwirrt an.

„Na, wenn du mich für einen Trottel hältst, der es nicht mal auf die Kette kriegt, einen Wolf zu besiegen, dann hau doch ab." Ich hole tief Luft. „Nimm die Kräfte von Thor wieder an dich. Schade, dann hast du die Wette wohl verloren – dein Pech. Ich werde jetzt das tun, was ich von Anfang an geplant hatte: einen Talentwettbewerb gewinnen – mit einer ECHTEN FREUNDIN!"

Ich halte Loki auffordernd den Wischmopp hin. Doch er weicht einen Schritt zurück und hebt beschwichtigend die Hände.

„Komm schon, so war das nicht gemeint. Und was willst du mit diesem lächerlichen Talentwettbewerb? Ich halte dich nicht wirklich für einen Trottel."

Aber ich schüttele den Kopf. „Doch, das hast du mehr als deutlich gemacht." Mir fällt es unfassbar schwer, aber ich weiß, dass es das Richtige ist. Also werfe ich Loki den als Wischmopp getarnten Hammer zu. Der fängt ihn zwar auf, aber scheinbar ist er zu schwer für ihn, denn er fällt mit dem Hammer zu Boden. Als er daran zerrt und zieht, bewegt er sich keinen Millimeter und verpufft dann zu Rauch und Nebel.

„Wie du sagst, wir hatten eine Abmachung!", versucht es Loki noch einmal, aber ich zucke nur mit den Schultern.

„Mach doch, was du willst. Schnipp mit den Fingern oder so, mir egal." Es reicht mir wirklich, ich habe die Nase voll. Also wende ich mich von ihm ab und gehe Richtung Aula. Schließlich gilt es, einen Talentwettbewerb zu gewinnen. Ich muss nur noch Amy finden. Und es irgendwie hinkriegen, dass sie mir verzeiht.

„Du kannst mich nicht einfach stehen lassen, ich bin ein Gott!", ruft Loki mir noch hinterher.

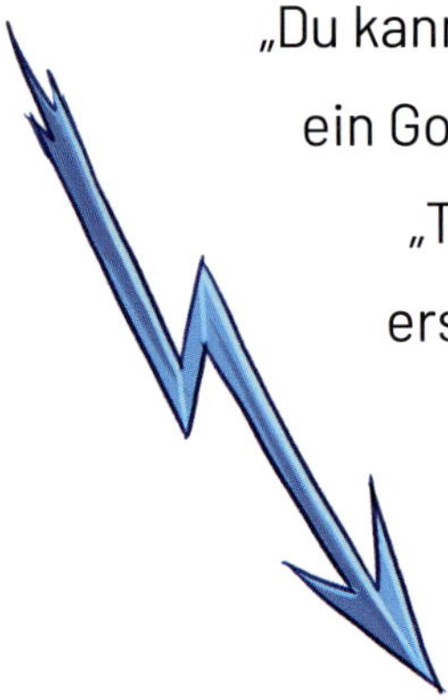

„Tja, und ich bin nicht Tim, Todd, Torben und erst recht nicht Thor. Sondern Tom. EINFACH NUR TOM. Mach's gut, Loki, und viel Glück mit deinem Bruder."

Ich drehe mich nicht mehr zu ihm um.

Kapitel 8
Freunde?

Als ich in der Aula ankomme, ist die schon gut gefüllt. Scheinbar ist die GESAMTE SCHULE gekommen, und sogar einige Eltern haben sich eingefunden. Meine Mutter hat irgendwie von der ganzen Nummer Wind bekommen, denn sie sitzt in der ersten Reihe und hält ein Schild hoch, auf dem steht: „Mama ist stolz auf dich, Tommilein!“ Daneben hat Lou ein sehr krakeliges Herz gemalt.

Bevor sie mich entdecken und abknutschen kann, husche ich durch einen Seiteneingang hinter die Bühne. Hier herrscht wildes Treiben: Schülerinnen und Schüler laufen aufgeregt durch die Gegend und gehen noch ein letztes Mal ihre Texte durch. Ein Junge versucht, eine Banane zu schälen und dabei auf einem Einrad zu balancieren. SIEHT GEFÄHRLICH AUS! Ein Mädchen unterhält sich mit einer Bauchrednerpuppe, ihr glitzernder Anzug ist toll, die Lippenbewegung der Puppe sind es nicht wirklich.

Die Konkurrenz ist groß. Amy und ich müssen uns warm anziehen, wenn wir gegen sie gewinnen wollen! Falls sie überhaupt noch mit mir auftreten will.

Ein Schild verrät mir, wo die Umkleiden sind. Auf dem Weg dorthin entdecke ich die E-Gitarre aus dem Musikraum, die einsam in einer Ecke herumsteht. Kurz blicke ich mich um, dann schnappe ich sie mir und mache mich auf die Suche nach Amy. Tatsächlich finde ich sie in der Umkleide. Sie steht mit dem Rücken zu mir und beugt sich über irgendetwas.

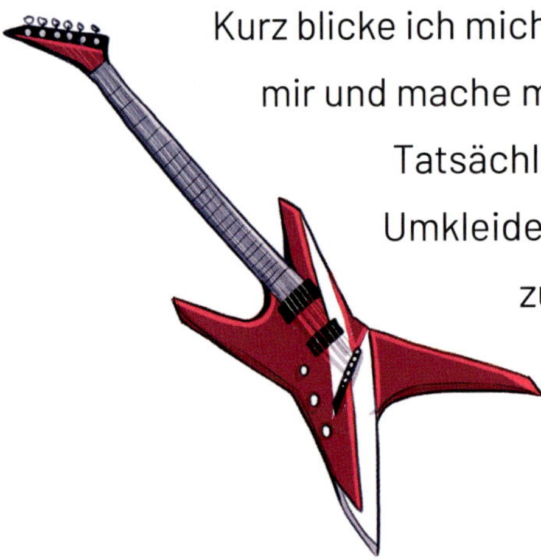

„Da bist du ja! Ich möchte mich entschuldigen! Ich …"
Doch bevor ich weiterreden kann, dreht sie sich mit Schwung um und hält mir etwas unter die Nase.

„‚AUFBRUCH IN DAS MYSTERIÖSE' von 1962 – erster Auftritt von Superschurke Loki, dem Gott der Täuschung!", liest sie vor, als würde das alle Puzzleteile zusammenfügen.

Ich mache einen Schritt zurück und erkenne, dass sie mir ein Comicheft vors Gesicht hält. Darauf sieht man einen blonden Mann mit Flügelhelm und einem Hammer in der Hand. Der blickt erschrocken zu einem Typen mit Hörnerhelm, grünem Ganzkörperanzug und etwas, das aussieht wie ein Bikini.

Die beiden haben absolut keine Ähnlichkeit mit dem Thor und dem Loki, die ich kenne. Aber ich verstehe, was hier vor sich geht. AMY HAT MEIN GEHEIMNIS GELÜFTET.

„Der Loki aus unserer Klasse ist kein Austauschschüler! Er ist das hier – ein Gott!" Sie tippt auf die Zeichnung. „Er kann seine Gestalt ändern, zaubern, und vor allem ist ihm nicht zu trauen", fährt sie fort. „Und ich glaube, dass du Thor bist."

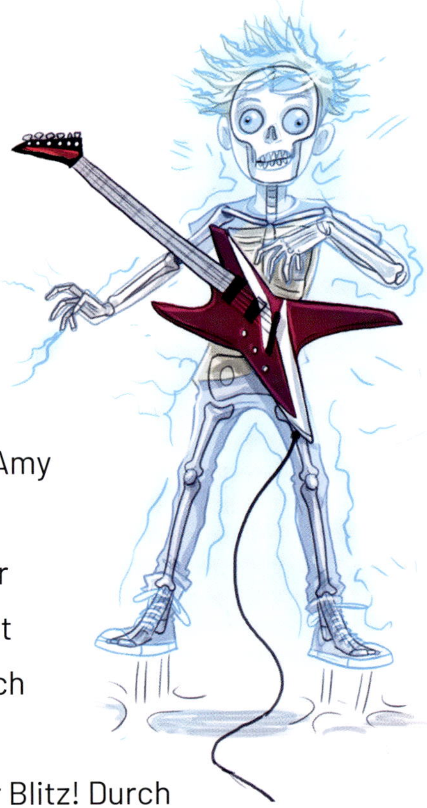

Sie lässt die Schultern hängen und schaut mich erwartungsvoll an.

Ich denke, es ist an der Zeit, Amy die Wahrheit zu sagen.

„Du hast mit allem recht. Aber ich bin immer noch Tom, halt mit Thors Kräften. Er hat sie auf mich übertragen ..."

Amy reißt die Augen auf. „Der Blitz! Durch den Blitz hast du deine Kräfte bekommen! COOL!"

Ich nicke. „Jap, genau so war es. Dann ist Loki aufgetaucht und wollte mir helfen, wenn ich dafür irgendwelche Monster umhaue. Aber es hat sich herausgestellt, dass Loki mir nie helfen wollte. Er ist ein selbstverliebter und egoistischer DUMMDÖDEL." Ich zucke mit den Schultern. „Tut mir leid, dass ich nicht ehrlich zu dir war und unsere Proben geschwänzt habe. Und irgendwie fand ich es ziemlich cool, dass alle mit mir befreundet sein wollten. Aber ich will mit dem ganzen GÖTTER-KRAM nichts mehr zu tun haben."

Amy überlegt eine Weile, bevor sie antwortet. „Na ja, du hättest es mir einfach sagen können, wir sind schließlich Freunde ... und vor allem eine Band!" Ihre Miene hellt sich auf. „Wir haben einen Auftritt vor uns, komm schon, den müssen wir einfach rocken!"

Sie lächelt mich so breit an, dass ihre Zahnspange im Schein der Neonröhren strahlt. UFF! Mir fällt ein Stein vom Herzen. Zwischen uns scheint wieder alles gut zu sein!

Doch eine wichtige Sache fehlt noch: „Wir brauchen einen Namen!"

„Oh ja!" Amy ist gleich Feuer und Flamme. „Wie wäre es mit Mörderische Metal-Memmen!"

Uh, das klingt wild. „Ich mag die Idee, aber vielleicht etwas nicht so Gruseliges?", versuche ich es.

„Die göttlichen Granaten? Kuriose Kürbisköpfe?"

Ich schüttele den Kopf. „Wir nähern uns, aber so ganz fühle ich es noch nicht ..."

„Ich hab's!", ruft Amy aus.

„BLITZ UND DONNER!"

„Na, ich weiß ja nicht. Also irgendwie klingt es gut, aber ..." Doch die nächsten Worte bleiben mir im Hals stecken, als ich ein dunkles Knurren höre. Ein ziemlich bedrohliches Knurren wie von einem Hund oder ... EINEM WOLF!

Amys Kinnlade fällt runter, und sie zeigt mit weit aufgerissen Augen hinter mich.

Ganz langsam wie in Zeitlupe drehe ich mich um. Direkt hinter mir blicke ich in rot glühende Augen. Augen, die einem SEHR großen Tier gehören.

„Mach keine schnellen Bewegungen", flüstere ich Amy zwischen zusammen-

gebissenen Zähnen hindurch zu. „Auf mein Zeichen hin rennst du so schnell, wie du kannst, in den Schrank da drüben, schlägst die Tür zu und kommst erst raus, wenn die Luft rein ist. Ich gebe dir eine Starthilfe!"

Amy nickt ganz langsam.

Der Wolf schnüffelt und legt die Ohren an. Meine Knie schlottern wie sonst was.

„OKAY, LOS!" Und damit gebe ich Amy einen Schubs, der sie durch die halbe Umkleide befördert. Sie fängt sich gerade noch, bevor sie hinfallen kann. Im Nullkommanix rennt sie weiter, klettert in den Schrank und knallt die Tür hinter sich zu.

Das scheint auch das Zeichen für den Wolf zu sein, denn schon zwängt er seinen gewaltigen Körper durch den Eingang und stürzt geradewegs auf mich zu.

In letzter Sekunde springe ich zur Seite, sodass der Wolf gegen eine Reihe von Sitzbänken knallt. Loki hatte recht, dieses Tier ist wirklich fünfmal größer als jeder normale Wolf. Ich sollte mir schleunigst etwas einfallen lassen. Also laufe ich los und durch die Tür, die er eben noch verstellt hat. Doch ich renne nicht Richtung Bühne, weil dort viel zu viele Menschen sind.

Stattdessen schlage ich einen anderen Weg ein und habe Glück: Vor mir befindet sich ein NOTAUSGANG aus der Aula. Hinter mir höre ich den Fenriswolf schnauben, als ich die Tür aufreiße und ins Freie taumele.

Immerhin dämmert es schon, so wird uns hoffentlich niemand entdecken, denke ich, als ich geradewegs auf die Turnhalle zulaufe. Denn mir ist ein guter Ort eingefallen, wo auch ich schon mal „versehentlich" eingesperrt wurde.

„Schmeiß dir mal ein MINZBONBON ein, dein Atem ist grausam!", rufe ich dem Wolf über die Schulter zu, woraufhin wieder das Knurren ertönt. Hätte ich nicht Thors Kräfte und seine Schnelligkeit, wäre ich schon längst Hundefutter.

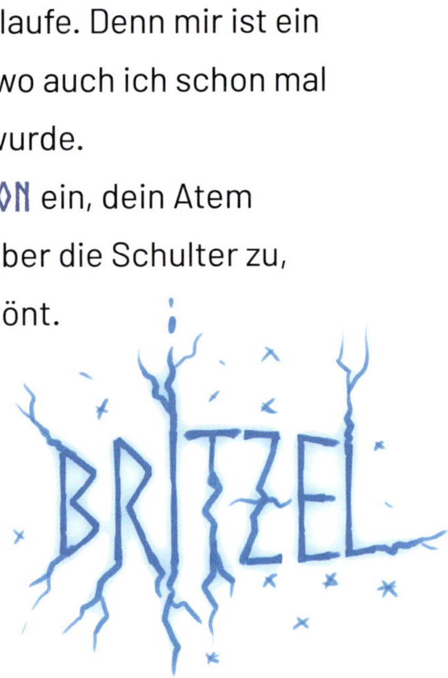

Aber so spüre ich wieder dieses Britzeln in meinem Körper und bin dem Wolf noch ein paar Schritte voraus.

Sobald wir in der Turnhalle sind, steuere ich auf den Geräteraum zu. Als das Ungeheuer nach mir schnappt, rolle ich wieder zur Seite, woraufhin der Wolf in den Raum hineinschlittert. Mit Schwung knalle ich die Tür zu. Das allein würde den Wolf selbstverständlich nicht aufhalten. Also schnappe ich mir noch eine Metallstange, die sonst zum Turnen benutzt wird, und biege sie mit aller Kraft um den Türgriff.

„Puh! Das sollte halten, zumindest bis nach der Show."

Ich klatsche zufrieden in die Hände. Das war einfacher als gedacht. Später muss ich mir überlegen, wie ich den Wolf wieder loswerde, aber dafür ist jetzt keine Zeit. DIE BÜHNE RUFT – Blitz und Donner muss einen Wettbewerb gewinnen!

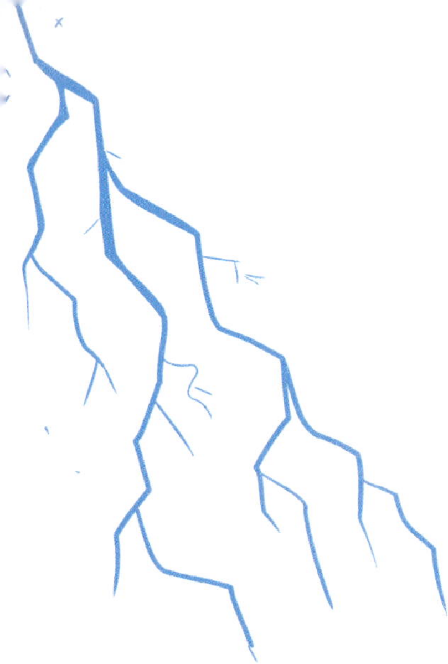

Kapitel 9
Die grosse Show!

Wir sind so was von bereit! Na gut, also wenn man mal davon absieht, dass Amy mir ihren selbst komponierten Song gerade zum ersten Mal vorgesummt hat. Und dann hat sie mir noch die einzigen beiden Gitarren-Akkorde beigebracht. **Hals- und Beinbruch**, wie man so sagt! Und selbst wenn es furchtbar werden sollte, wovon ich natürlich **NICHT** ausgehe, sind wir immerhin zu zweit.

„Und du bist dir sicher, dass dieser riesige Wolf nicht aus dem Geräteraum ausbrechen kann?“, raunt Amy mir noch mal zu, bevor es auf die Bühne geht.

„Na klar, ich hab die Türgriffe komplett verbogen. Da käme nicht mal eine ELEFANTENHERDE durch!"

Sie scheint nicht ganz überzeugt, aber wir sind beide viel zu aufgeregt, um uns auch noch über einen Monsterwolf aus der Unterwelt Gedanken zu machen. Ein Schritt nach dem anderen!

Wir spähen durch die schweren Vorhänge auf die Bühne, wo gerade noch Sammy Porter versucht hat, mit brennenden Fackeln zu jonglieren. Der Hausmeister kam sofort angesprintet und hat sie gelöscht, weshalb die Nummer leider etwas kurz ausfiel.

Nun tritt Frau Bottom nach vorne ans Mikro, um die nächste Nummer anzukündigen: UNS.

„Und jetzt bitte ich um einen herzlichen Applaus für die Band, die kurzfristig für Gwen und ihre Stepptanz-Einlage eingesprungen ist. Bühne frei für Amy Flenders und Timo Hudson."

MEINE GÜTE!!! TOM, ICH HEISSE TOM!!! Ist das so schwer?

Wir ziehen den Vorhang zur Seite und betreten die Bühne. Als mich ein paar Klassenkameraden erkennen, kommt tatsächlich ein bisschen Stimmung auf.

Da brüllt jemand: „Du schaffst das, Tommilein, ich glaube an dich!“

Jap, das muss Mum sein. Wie sie leibt und lebt. Immerhin nennt sie mich nicht **MAUSEPUPS**.

Na schön. Ich trete ans Mikro, stöpsele ohne Blitzschlag meine Gitarre in den Verstärker ein und räuspere mich, während Amy ihr Schlagzeug auf Rollen auf die Bühne schiebt. Sie hat extra noch eine Nebelmaschine von zu Hause mitgebracht. Mal sehen, was die Maschine so kann.

„Also unsere Namen sind Amy und Tom – wir sind Blitz und Donner und hauen euch heute mit dieser flotten Nummer aus den Latschen!“, brülle ich und schlage in

die Saiten. Ein so schriller Ton schallt durch die Aula, dass sich einige Leute die Ohren zuhalten. Und irgendwo scheint ein Fenster zu springen.

UPS, das hab ich mir anders vorgestellt.

„Eins und zwei und eins, zwei, drei“, spricht Amy in ihr Mikro und haut dann in die Drums. Sie spielt einen schnellen, komplizierten Rhythmus. Die ersten Kinder fangen an mitzuwippen. Dann nickt sie mir zu, und ich lege los. Am Anfang fühle ich mich noch etwas eingerostet und treffe die Töne nicht ganz. Gleichzeitig greifen und zupfen? VOLL SCHWIERIG. Klar, zwei Akkorde auf der Gitarre sind nicht sonderlich abwechslungsreich, aber Amys Künste am Schlagzeug lenken ganz gut davon ab!

Na ja, bis …

Mit einem lautstarken KRAWUMM fliegt die Tür der Aula aus den Angeln, und der riesige Fenriswolf steht zähnefletschend im Raum!

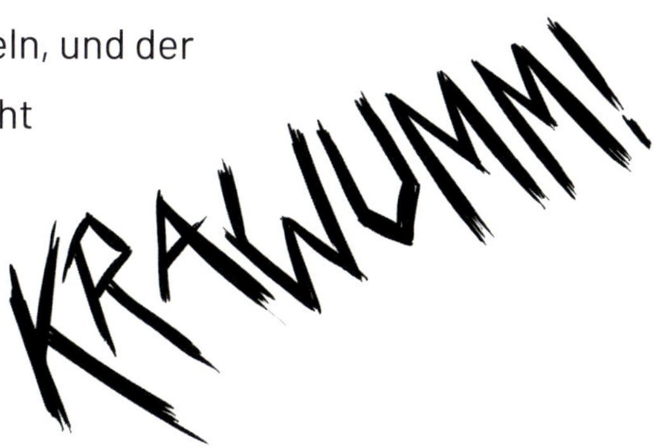

OH, VERFLUCHT! Amy und ich tauschen einen Blick. Ohne zu zögern, aktiviert sie die Nebelmaschine und legt los mit dem Schlagzeug-Solo ihres Lebens. **ES FUNKTIONIERT!** Die Leute im Publikum sind zwar überrascht, aber sie denken offenbar, dass das alles zur Show gehört!

Jetzt liegt es an mir, dafür zu sorgen, dass dieser Wolf niemanden verletzt. Ich überlege noch fieberhaft, wie ich das anstellen soll, da spurtet er auch schon auf mich zu.

Mir fällt nichts Besseres ein, als mit der Gitarre auszuholen und – **WUMMS.** Die Gitarre zersplittert

in **Tausende Einzelteile** und gibt dabei einen letzten gequälten Ton von sich.

Der Wolf holt mit der Pranke aus, trifft und schleudert mich über die komplette Bühne.

Ein Raunen geht durchs Publikum. Sie denken immer noch, es gehöre alles zur Show. Und durch den ganzen Nebel können die Leute wahrscheinlich eh nur die Hälfte erkennen.

Ich lande krachend auf meinem Hintern, ohne mich dabei zu verletzen. Scheinbar machen mich Thors Kräfte auch widerstandsfähiger.

„Der junge Held wusste nicht, was sollte er tuuuuhuuuuhuuun", singt Amy ins Mikro. Und ich muss zugeben, dass es gar nicht schlecht klingt. *„Da fiel ihm ein, er brauchte den Hammer nuuuuhuuuuhuuuun!"*

Da geht mir ein Licht auf: Das ist nicht der Text von Amys Song, sondern ein **PLAN**!

Ich springe also auf, tauche unter einer weiteren Pranke des Monsters hinweg, laufe zum Mikro und singe etwas weniger melodisch: *„Wie bekämpfe ich nur dieses riesige Tier? Mjölnir, ich befehle dir, komm zu miiiiir!"*

Und da kommt er tatsächlich angeschossen – **MJÖLNIR, DER HAMMER DES DONNERGOTTES**.

WRUMRUMRUMRUMRUM

Allerdings sieht er nicht aus wie ein Hammer, sondern wie eine ziemlich abgefahrene E-Gitarre mit coolen Schriftzeichen darauf. Und das Beste: Man kann auf ihr ohne Kabel spielen.

Ich schlage erneut in die Saiten, und ohne dass ich besonders gut spielen muss, kommt eine ziemlich fetzige Melodie aus den Lautsprechern. Und das Beste ist: Der Wolf weicht vor den Klängen zurück. PERFEKT!

Ich spiele also, wie ich noch nie in meinem Leben zuvor gespielt habe, dränge den Wolf immer weiter zur Tür … Und dann werde ich übermütig. Wie ein richtiger Rockstar schlage ich mit der Hammer-Gitarre auf den Boden. Keine Ahnung, warum ich das tue – ich hab mich wohl von der Musik und dem Rockstar-Gefühl mitreißen lassen. Und in einem gleißenden Blitzschlag und Donnergrollen zerbricht sie. Noch mal ups. DER HAMMER IST HINÜBER!

Noch bevor ich richtig schalten kann, was gerade passiert ist, stößt der Wolf ein so lautes und Furcht einflößendes Heulen aus, dass ein paar Kinder aufschreien und ich vor Angst völlig erstarre.

Dann springt er auf mich zu, reißt sein Maul auf und will zuschnappen.

Das war's dann wohl mit mir. TSCHÜSSIKOWSKI, SAYONARA, CIAO KAKAO UND AUF WIEDERSEHEN.

Doch so weit kommt es nicht. Ein schwarz gekleidetes Etwas schießt heran, schmeißt mich über die Schulter und trägt mich im Bruchteil einer Sekunde aus der Reichweite der Reißzähne.

„Es tut mir leid! So, jetzt ist es raus. Aber da ich nun dein Leben gerettet habe, denke ich, WIR SIND QUITT!"

„Loki! Du warst das!", stoße ich nur aus, als Loki mich wieder vor dem Mikro absetzt.

„Ich sag ja, tut mir leid, dass mein Bruder Thor und ich uns in dein Leben eingemischt haben. Das war ‚UNCOOL', wie die Kids von heute sagen." Loki zuckt mit den Schultern. „Du bist kein Trottel."

Er hält mir die Hand hin. Eine echte Entschuldigung von einem echten Gott. Bekommt man auch nicht alle Tage.

„Na gut, dann heizen wir diesem Wolf aber jetzt gemeinsam ein, oder?", frage ich und grinse breit.

„Aber so was von und mit Stil!", stimmt Loki zu.

Wir schlagen ein, und wie von ZAUBERHAND haben Loki, Amy und ich plötzlich rattenscharfe Kostüme an, die aussehen, als kämen wir gerade frisch aus Asgard, der Welt der Götter. Wir grinsen uns an, und Loki nickt uns zu.

Amy und ich tragen abgefahrene Flügelhelme und glitzernde Outfits, die an Rüstungen erinnern. Loki sieht aus wie damals im Jungsklo mit seinem Umhang und dem gehörnten Helm, allerdings ist er immer noch ein Junge. Amy trommelt wie wild und betätigt wieder die Nebelmaschine, die Bühne verschwindet im Rauch.

Der Wolf scheint ganz schön verwirrt von dem zu sein, was sich hier abspielt. Auch weil das Publikum um ihn herum anfängt, im Takt von Amys Schlagzeug zu klatschen.

„BIST DU BEREIT?" Loki blickt mich an und hebt die Hand, um zu schnippen.

„Na, aber so was von!"

Und als er schnippt, erfüllt ein blaues, magisches Leuchten die Aula. Es umhüllt die Einzelteile meines Hammers, der sich von allein wieder zusammensetzt.

Er fliegt zu mir in meine Hand, und ein Donnergrollen rumpelt durch den Saal.

„SHOWTIME!“, brülle ich ins Mikro. Dann stürzen Loki und ich uns auf den Fenriswolf.

Ich weiche den halbgaren Angriffen des Wolfes aus und verpasse ihm mit dem Hammer kleine Blitzschläge. Und bevor er weiß, wie ihm geschieht, hat Loki ein Seil herbeibeschworen. Er wickelt es um die Pfoten des Wolfs, während ich das Wesen in Schach halte. Der Wolf geht gefesselt und ohne Gegenwehr zu Boden.

„Danke, das hätte ich ohne dich nicht geschafft", sage ich zu Loki.

„Das verraten wir lieber nicht meinem Bruder", entgegnet Loki. „Ich nehme den Wolf jetzt mit. Pass du gut auf dich auf." Er zwinkert mir zu, bevor er schnippt und mit dem Wolf in einem MAGISCHEN NEBEL verpufft.

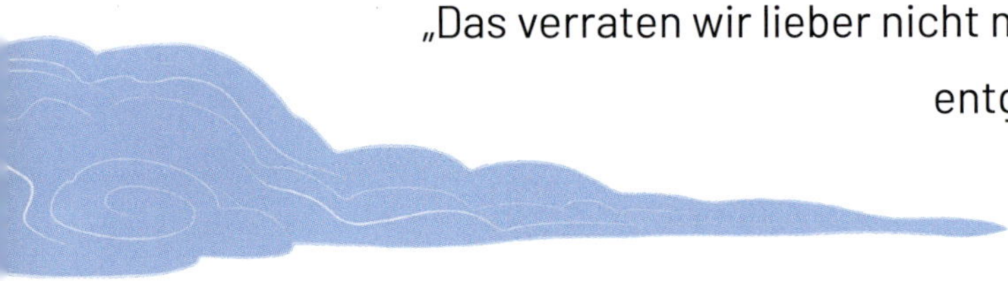

Mit ihm verpuffen auch unsere coolen Klamotten. Amy beendet mit einem WIRBELSTURM AUS DRUMSTICKS und Becken unseren Song.

Sie ist ganz schön aus der Puste, aber lächelt mich glücklich an.

Das Publikum tobt, ich höre meine Mutter jubeln, und irgendwer pfeift wie wild.

Frau Bottom kommt auf die Bühne und greift sich das Mikro. Sie scheint sichtlich mitgenommen von dem, was sie gerade gesehen hat. „Das war … **BESONDERS**. Ein großes Dankeschön an Amy und Thomas. Möchtet ihr noch etwas sagen?"

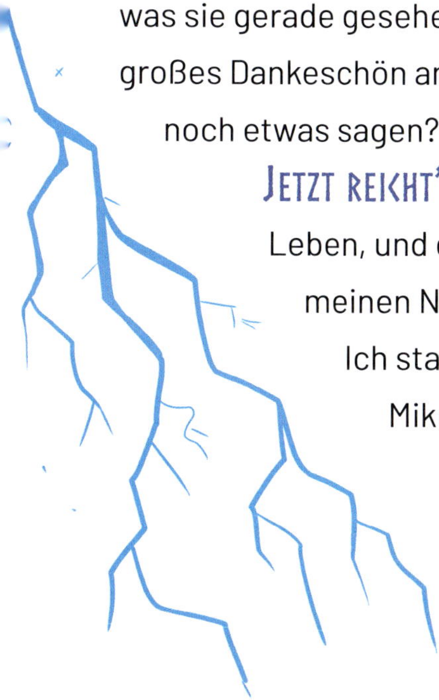

JETZT REICHT'S! Wir spielen hier um unser Leben, und diese Frau schafft es nicht mal, meinen Namen richtig auszusprechen?

Ich stampfe auf die Bühne, reiße ihr das Mikro aus der Hand und – na ja – dann schlägt ein Blitz ins Gebäude ein.

Zumindest denke ich, dass das passiert. Denn dieser krasse Schlag und dass alles schneeweiß wird, kommt mir verdächtig bekannt vor …

Kapitel 10
Alles wie immer?

An den Rest erinnere ich mich selbst nicht mehr. Amy erzählt mir am nächsten Tag, dass ich durch das Mikro von einem Blitz getroffen wurde und irgendwas von Thor gefaselt habe. Anschließend hab ich noch irgendwas von wegen „Danke, Mama!" ins Mikrofon gebrüllt, woraufhin die gesamte Schule und alle Eltern in Lachen ausgebrochen sind.

Jetzt ist also wieder alles beim Alten, meine Klassenkameradinnen und

Mitschüler finden, ich bin seltsam. Aber mir ist das SCHNURZPIEPEGAL.

Heute Morgen habe ich erleichtert festgestellt, dass mir kein neuer Bart gewachsen ist. Und es lagen auch keine Hämmer in meinem Bett. Ich wollte eigentlich zur Schule laufen, aber ich war schon k. o., nachdem ich die Treppe nach unten gegangen bin. Ich war nicht mal stark genug, um den Müll rauszubringen.

Amy und ich sind uns einig: Thor hat sich seine Kräfte zurückgeholt. Ein bisschen schade ist es schon, denn irgendwie hab ich mich an sie gewöhnt.

Den Talentwettbewerb haben wir übrigens NICHT GEWONNEN. Die Jury bestand nur aus Lehrern, und Frau Kleinlich hat alle dazu gezwungen, für Karen, das Mädchen mit der Bauchrednerpuppe, abzustimmen.

„Bist du sehr traurig deswegen? Vielleicht können wir uns ja etwas anderes überlegen, damit du doch noch zum Rockstar wirst", schlägt Amy in der großen Pause vor.

„ACH, WAS SOLL'S." Ich zucke mit den Schultern. „Ich brauch keinen Talentwettbewerb und auch keine göttlichen Kräfte. Ein sehr schlaues Mädchen mit Zahnspange hat mal zu mir gesagt, dass es mir doch egal sein kann, was andere von mir denken."

Amy wird ein bisschen rot und nickt dann.

„Außerdem habe ich das Gefühl, dass mich nicht alle Kräfte verlassen haben." Ich schnippe, und zwischen meinem Daumen und meinem Zeigefinger kann man, wenn man genau hinschaut, einen kleinen Blitz erkennen. DA STAUNST DU, WAS?

ENDE.

NAMENSSCHILD IM COMIC-LOOK

Wusch, bäm, puff und britzel! Lerne hier, wie du dir ein Namensschild im Comic-Look für dein Kinderzimmer oder für die Pinnwand bastelst. Mach einfach mit, und gestalte deinen Namen in einer knalligen Comic-Explosionswolke.

Das brauchst du:

die Ausdruckvorlage mit Buchstaben
3 DIN-A4-Bastelkartons (1x schwarz, 2x bunt)
Bleistift, Schere, Klebestift
dicker schwarzer Stift

So geht's:

1. Zeichne mit dem Bleistift eine Explosionswolke auf einen bunten Bastelkarton.

2. Schneide die Wolke aus, und lege sie auf den schwarzen Karton. Zeichne in einem Abstand von etwa 1 cm um die ausgeschnittene Form herum, sodass die gleiche, aber etwas größere Wolke nun auf dem schwarzen Karton zu sehen ist.

3. Schneide dann auch die schwarze Wolke aus, und klebe die kleinere Form auf die größere schwarze. Die Formen dürfen ruhig etwas versetzt aufgeklebt werden.

4. Druck dir unsere Buchstaben-Vorlage aus. Leg den passenden Buchstaben auf eine bunte Pappe auf, und zeichne ihn mit einem Bleistift nach. Drück dabei etwas stärker auf, sodass der Abdruck des Buchstabens auf der Pappe zu sehen ist.

5. Zeichne die Buchstaben dann mit einem Bleistift nach – so gelingt das Ausschneiden leichter. Platziere die Buchstaben auf der Wolke, und klebe sie auf.

6. Zeichne jetzt die Ränder der Buchstaben mit einem dicken schwarzen Stift nach. Nun ist der Comic-Look perfekt.

Lucy K. Walker hat schon früh ihre Liebe zu fantastischen Geschichten entdeckt und irgendwann damit begonnen, sich selbst welche auszudenken. Anfangs handelten die noch von sprechendem Gemüse, mittlerweile schreibt sie viel lieber über Götterschulen und magische Abenteuer. Wenn Lucy gerade nicht schreibt oder liest, ist sie mit dem Rad in der Natur unterwegs – und dabei stets Geheimnissen, Kobolden und Geistern auf der Spur ...

Timo Grubing lebt und arbeitet als freier Illustrator im Herzen des Ruhrgebiets in Bochum. Dort ist er vor allem in den Bereichen Kinder- und Jugendbuch, Schulbuch, Familienspiele und Comics tätig. Daneben arbeitet er regelmäßig für verschiedene Agenturen und Magazine.

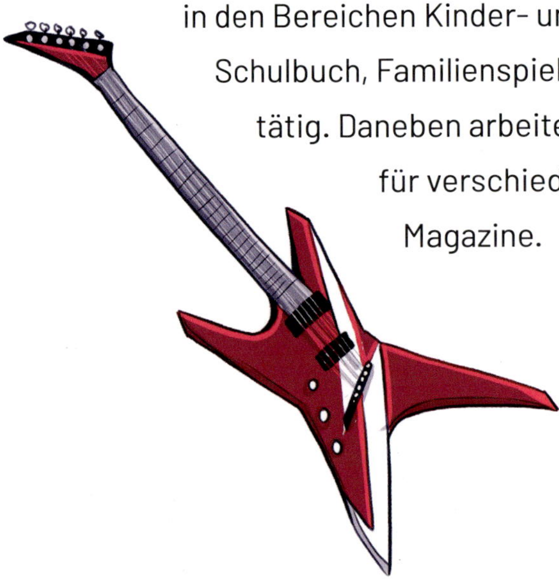

Michael Peinkofer & Helge Vogt

Vorgeschichte

Sagt mal, Leute, wisst ihr noch, wie ihr auf die Welt gekommen seid? Wahrscheinlich nicht, ist ja auch schon eine Weile her. Aber ich – *oink, oink* – weiß es noch ganz genau!

Das Erste, woran ich mich erinnere, ist der Karton, in dem ich war. Es war ziemlich dunkel da drin, und es roch auch nicht besonders gut.

Oink!

Und ich erinnere mich an Stimmen.

„Ui“, rief ein Mädchen. „Da ist ja noch ein Päckchen unter dem Baum! Ist das für mich?“

„Was steht denn drauf?“, fragte eine andere Stimme.

„Hooo-lll-yyy“, las das Mädchen langsam vor – es war das Einzige, das sie damals lesen konnte.

„Na dann, Holly! Worauf wartest du?"

Der Karton wurde geschüttelt, dass ich nur so hin und her flog – wie gut, dass ich mit Watte gefüllt bin! Dann wurde der Karton aufgemacht. Grelles Licht fiel von oben ein und blendete mich, sodass ich erst mal gar nichts sehen konnte. „Oink!", rief ich.

„Ein Schweinchen aus Plüsch!", hörte ich das Mädchen rufen. „Ist das aber süß!"

Ich blinzelte, und ein Gesicht erschien über mir. Es war ziemlich groß, und ich hatte ein bisschen Angst. Aber es war ein sehr freundliches Gesicht.

Mit großen Augen.

Und einem lieben Lächeln.

Das war das erste Mal, dass ich Holly Holmes begegnete.

Schon griff sie in die Schachtel und holte mich heraus. War das ein Lichterglanz! Überall standen Kerzen! Dazu ein Tannenbaum, der festlich geschmückt war und glitzerte!

Ich wusste gar nicht, wohin ich zuerst gucken sollte. Zumal Holly mich wild durch die Luft warf, mal hierhin und mal dorthin. Und dann presste sie mich an sich, so doll, dass mir fast die Luft wegblieb.

„He, du“, rief ich, „erdrück mich nicht!“

„Du … du kannst ja sprechen!“, rief Holly verblüfft.

„Natürlich, warum auch nicht?“, fragte ich und sah sie aus meinen Knopfaugen an.

„W-wie hat der Weihnachtsmann das bloß gemacht?“, fragte sie.

„Vermutlich mit ein wenig Weihnachtszauber“, sagte die Frau, die auf dem Sofa saß und Holly ein bisschen ähnlich sah. Beide hatten rotbraunes Haar, große Augen und spitze Nasen. Damals wusste ich es noch nicht, aber das war Stella Holmes, Hollys Mama.

Überhaupt wusste ich damals vieles noch nicht.

Zum Beispiel, dass grade Weihnachtsabend war. Zum Weihnachtsfest bekommen die Menschen nämlich Geschenke, und ich war so ein Geschenk. Das schönste, das sie je bekommen hatte, sagte Holly später.

Es war ein wunderbarer Abend!

Wir sangen Lieder, erzählten uns Geschichten und

futterten Plätzchen und Lebkuchen bis spät in die Nacht. Manche Leute denken ja, dass Kuscheltiere nichts essen, aber das stimmt nicht. Wir verzauberten Kuscheltiere jedenfalls haben *ziemlich großen Hunger*.

Irgendwann war Holly so müde, dass sie kaum noch die Augen offen halten konnte, und ihre Mama brachte sie ins Bett – und mich gleich mich. Gemeinsam kuschelten wir uns unter die warme, weiche Bettdecke.

„Gute Nacht, Schweinchen", flüsterte Holly müde.

„Gute Nacht, Holly", erwiderte ich.

Schon damals war mir klar, dass wir beide die *besten Freunde* werden würden. Aber niemals hätte ich gedacht, dass wir eines Tages zusammen ...

Aber alles der Reihe nach.

Bock auf Hörbuch?

Dann lehn dich entspannt zurück und lass dir die Geschichte einfach vorlesen! Scanne einfach den QR-Code oder gib den folgenden Link in deinem Handy ein:

baumhausbande.com/goettlich-hoerbuch

Denn dort findest du eine Hörprobe und das Hörbuch von „Plötzlich göttlich!".

Viel Spaß!

Entdecke noch weitere spannende Bücher zum Lachen und Mitfiebern mit coolen Figuren und Bildern ohne Ende unter **baumhausbande.de/bock-auf-buch**